三十三岁的
决心

宇澄 · 著

作家出版社

目 录
CONTENTS

三月

妇女节

一点四十分，整个世界都还在午睡，只有西面文印室的打印机在轰轰作响。王慧敏站在打印机前，揉着有些浮肿的眼睛，昏沉沉地等待着九份一模一样的项目汇报书从散发着热气的深灰色塑料外壳机器里面吐出来。

一份十页，得把它们一一挑出来，把写着"花漾内衣三八节营销数据总结"的三号宋体加粗标题放在首页，纸张对齐，按下订书机。被标上了下划线的"数据"两个字显得突兀，无声宣告着这份报告的意义所在。灰色触摸屏面板上，浮现着一张面无表情的脸，眼皮耷拉着，眼睛稍有些前凸，眼神空洞，两侧的短发散在脸颊上，在这个俯视的角度下，就像废旧池塘里被水草缠绕的破皮球，连挣扎的力气都没有。

嘀、嘀、嘀，是刺耳的呼叫声："无纸张。"松懈的皮球噌地抖动了一下，蹲下身去，仿佛应激反应一般，熟练地从机器下方取出 A4 白纸。食指的侧面一阵刺痛——这种打印纸总是无声的刀子——已经很多次割到了她，新旧小伤口重叠着，王慧敏下意识地捏了捏。这样一来，困意倒是溜走了不少。

轰隆隆声再次启动又很快停止，王慧敏还在不紧不慢地整理最后两份发烫的材料，像极了流水线上给黄桃罐头放上盖子的机械按钮，不准出错，不准走神，也不准瞎思考。机器开启工作时尚且会发出声音广而告之，而像王慧敏这样长相普通、学历普通、家境普通、能力普通的普通人的工作却总是在沉默中开始，又在沉默中结束的。今天的格外安静是因为妇女节放半天假，手头没有紧急项目的女同事午餐后都离开了，当然也只是一小部分人。公司人事通知"可以"放假，不代表"必须"放假，普通员工们对此心知肚明。

只要下午的项目总结会按时结束，我也能提前下班，王慧敏这样想着，抱着九份文件往外走。热乎乎的文件贴着上个双十一在优衣库买的黑白条纹毛衣，发出轻微的摩擦声，大概又要起毛球了。米色帆布鞋也是乘匡威打折时入手的，踩在深色地毯上悄无声息，就和它谨小慎微的主人一样。这家新媒体营销公司所在的十九楼还没有醒来，整幢写字楼也还在午睡，就连窗外三元桥立交的高架上，几辆懒散的小轿车都被初春的阳光照得慢吞吞的。王慧敏穿过格子间里隐隐传来的鼾声，进入这层楼最大的落地玻璃会议室，一一打开顶灯和投影。

长桌东侧正中间的位置是王总的，这个五十五岁的民营公司总经理总是一副体制内穿搭的模样：白衬衫、黑夹克、西装裤，脚踩着布鞋；对公司业务似乎也没有太上心，听说他一直盘算着在退休前调到总公司享清福，平时作出的最大指示就是"稳妥就好"。全子公司的同事也都知道，除了他们家那只总是走失的狗，王总最关心的就是项目的文字材料了：他对字体、段落格式、错别字这些细节有着近乎苛刻的零容忍态度。据说，曾经有同事就因营销提案里首行没有空两格被扣了全年的奖金。在这家公司，排版美观不美观没关系，但一定要"正确"：遵守王总格式规定的正确。王慧敏格外小心地把一份订得最整齐的倒霉蛋摆在中间，与麦克风的中轴线保持平行，又用手指压了压确保这十页纸的平整。

这样做，倒不是王慧敏在琢磨着老板的心思为了日后晋升留下好印象。相反，她只是不想因出错而引起注意以至于给自己惹麻烦。自三年前被媒体网站解雇，跳槽到这家公司，王慧敏参与了大大小小十九个项目，基本都是快消商品的短期营销，卫生巾、洗发水、身体乳、茶饮、咖啡等等，经手打印过的材料要是认真叠起来足以把她自己埋上几百次。入职时，她的头衔是"项目策划"，现在依然是；第一年考核时，主管和人事总监说她换了行业在适应期不涨薪；第二年考核时，又说她比起第一年好像没有太多进步不涨薪；今年的考核按日历是在月底。王慧敏把这个日期记得清清楚楚也不是因为在盼望着加薪，而是三月过完就是自己的生日。是的，除了神情因长期加班有些憔悴，肉身因许久不运动有些松散，朴素的外表看上去和普通大学女生没有什么差别的王慧敏马上就要步入三十三岁了。

三十三岁了还是普通公司的普通职员，王慧敏对此并没有什么沮丧，在她眼里，一个普通人就该如此。不会拼了命地努力，也不会妄想什么暴富。干不成什么大事，更不奢望成为什么大人物。拿着税后刚过万的月薪，只干自己分内的活，不抢活儿也不推活儿，既不对项目的热搜热度血压上升也不对扑街的寥寥互动数据紧张。每个月最踏实的瞬间就是工资入账的通知短信，而最紧张的时刻则是早上险些打不上的卡、醒来才看到的工作微信、地铁信号差接不上的主管电话……对王慧敏来说，勤恳谨慎地打一份工就已经用尽了毕生力气。更何况，跳槽时这份薪资已经比她在媒体网站时多了一千块钱，总算够她在东五环外租一间干净温馨的一居室了。这份工作让她北漂十年头一次有了自己的小客厅，自然是要珍惜的饭碗。

王慧敏把九份资料都摆好了，王总的左侧是自己的部门主管刘亚男，右侧是媒介部门的主管张畅，其他位置是和她一样的普通人：在公司的大会议室里，总是十分容易辨认的。冬天是毛衣，夏天是短袖，都是最寻常的便宜面料，颜色不外乎黑白灰，不是优衣库就是其他等价无标的淘宝货；开会时总是低着头，敲打着键盘，偶尔抬起头也不过是在观察着主管的脸色。不过，总会有些普通人觉得自己并不普通。又或者，就算是普通人，也有三六九等之分别。同事们之中，有的头衔是项目经理、媒介经理，有的是项目高级经理、媒介高级经理。虽然这些头衔在王慧敏看起来就和一号黄桃罐头、二号黄桃罐头一样没有什么差别，但世界的荒谬就在于，一号黄桃罐头总会因自己在数字排列上比二号黄桃罐头"高一个级别"而自以为"有什么不同"，或自以为"不普通"。

不过呢，这些罐头同事和她还是有区别的，那就是通常他们不会自己去打印会议资料。无论是什么项目，"项目策划"王慧敏负责打印似乎是写在了公司简章里的"潜规则"。自己动手校对、打印、复印，明明是她自第一份实习工作就开始练就的技能。不知道是不是工作太多年了，主管刘亚男似乎已经忘却了这项本能，从几十页的PPT、求职人的简历，甚至她出国旅行的签证申请表格，全都会一键甩给王慧敏："帮忙打印一下。"

说是"帮忙"，不过是职场使唤人干不动脑子的体力活的语言艺术，毕竟又有哪个下属不得不心甘情愿帮着主管忙前忙后呢？听说有些主管还会让人"帮忙"在放学时间去接孩子，相比之下，从未在私生活上差使过王慧敏的刘亚男，算是体谅人的了。

穿着拉夫劳伦标志性小马logo深蓝色心领针织毛衣和深灰色西装羊绒裤，补好了全妆的刘亚男在一点五十二分踩着红色高跟靴子进了会议室。她总是这样准时，在会议前五分钟到场，不早一分，也不晚一秒，就像她要求王慧敏提交项目书时间一样，"二十一点前"，"早上八点一刻前"。很难说清楚刘亚男对数字的准确把控度是出于强迫症，还是常年做营销的职业病，抑或两者皆是。而进入会议室的时间，更不是普通的数字，而是代表自己在公司的地位。刘亚男提前五分钟，当然是因为这个会是快消组的汇报，王总又要出席，五分钟可以解决很多事；当然也不能太早，早于五分钟王慧敏都没有把会议室安顿好，露脸时间的不精准是会干扰到主管头衔的。普通员工们往往都在开场前两三分钟内落座，而老板总有迟到的特权——两点过八分，王总用手帕擦着光亮的脑门，挺着夹克衫里露出来的大肚腩出现了。

参会人员到齐了，摆在他们面前的已经是没有温度的项目资料，这些有着不同头衔的普通人，大概都不知道纸张都是曾经有过温度的吧。开会前，王慧敏总是会被反复叮嘱文件最重要了，可会议一旦开启，文件倒成了摆设，参会者在乎的往往只是对面人的表情反应，尤其是老板的表情。此刻，头上一年四季都油腻腻的、留着一撇小胡子、胡子左侧还有一颗大黑痣、大黑痣上还有一簇毛的张畅正侧面倾向大肚腩王总，指着投影上的PPT数据在老板耳畔私语，不用具体听他们说话的内容，王慧敏完全明白这个让人作呕的四十岁男人正在干什么：不顾旁人地向另一个比他年长、比他有权力的男人邀功拍马屁。看着张畅谄媚的眼眉，还有那一张一合的嘴巴，隔着长桌的王慧敏感到一阵恶心：每次他靠近说话，都能散发出恶臭味，像冰箱里腐烂的臭番茄，让人避之不及。

如果不是那通电话，这场项目总结会议就会像以往的十八次一样，每个人假装紧紧盯着PPT和纸质资料上那些已经在工作群内出现过多次的数据进行最后的表演式的审判：

"百度网页版搜索第三位"（谁还用百度啊）

"头条热榜第九位"（甲方的产品又不卖给中老年人）

"微博同城热搜第十位"（只是个区域热点罢了）

"全网阅读量超亿"（怎么统计的？去掉一个小数点才是真实数字吧）……

每次看着项目主理人在长桌的一头滔滔不绝地讲解着精心编织着前缀的文案数据，王慧敏都会在心里暗暗与他们对答着，同时惊叹着他们淡定自若地把谎言编织成真相的能力。

数字是有意义的，又是无意义的。这样想着的王慧敏，一次都没有作为主理人对着一桌子的人宣讲过，身为"项目策划"，尽管她在一些时候会负责执行（意味着挑选具体的投放媒体渠道和修改与之对应的物料文案）甚至也会很大程度上参与方案制订，但是总结的时候，从来都轮不到她主发言。王慧敏并不会因此而失落，事实上，她很庆幸逃过一劫。比起在众人面前赞美互联网产生的数据，从机器里亲手摸出这些滚烫的印成黑字的数字似乎才是自己得心应手的工作。尽管研究生时她读的是传媒学专业，工作以后却连一次正式采访都没有过，在媒体网站做编辑时，只需要在电脑前把记者写好的文字像语文老师一样从头到尾顺一遍文字再取个更有机会博得高点击量的标题即可。这样几乎没有什么存在感的工作形式，却让她觉得很有安全感。

　　"慧敏，你有什么要补充的吗？"有的时候同事会搞突然袭击。这种时候，千万不能流露真情实感，把工作想法都说出来，比如"这个母婴垂直号投放效果不错，接下来可以批量做""虽然整体热度不错，但网友评论有些负面""小红书博主虽然配合度不高，但胜在转化率不错，可以争取紧密合作，签个年框协议"等等这些"补充内容"，看似有料，实则都是给自己挖坑，老板们听到这些只会说："想法不错，可以执行。"谁去执行呢？还不得是自己。多一事不如少一事，是王慧敏作为普通人的职场哲学，毕竟，给自己揽活儿意味着更长时间的无效加班，而这家公司和诸多企业一样，是没有额外加班费的。更重要的是，如此一来还会得罪项目主理人，不管他们是对潜在的问题视而不见还是蠢到没发现，都不能表现出比他们聪明的样子。在职场，比平庸更可怕的是自以为是的聪明。

　　眼下，花漾内衣三八节项目的主理人、同组同事丁俊山的细长眼睛正与王慧敏四目相对。比王慧敏只大一岁的丁俊山脸上坑坑洼洼的满是青春期遗留下来的痕迹，平头脑袋上满是白发，总是挎着个棕色皮包来上班。嘴上喊着"慧敏，我们这快三十五岁的人得多干出点成绩"，可每天却总是小组最先溜的人。干活儿的时候见不到人，抢功劳的时候倒总是第一名，或许也正因如此，有着项目经理头衔的丁俊山绞尽脑汁想挤进高级经理的行列吧。级别越高，实际要干的活儿却往往越少，也是不成文的职场潜规则。

伴随着丁俊山自夸式声量的，是 PPT 上正在播放的那句让人恶心的口号："一个让女性轻松躺赢职场的装备。"

是的，恶心。这样的内衣广告文案让王慧敏产生了生理性厌恶，就像每次听到张畅在办公室里隔着金丝边的眼镜框、唾沫横飞地冲着年轻女同事们讲着黄段子一样让人恶心。"和老婆没有新姿势了""还是你们年轻姑娘穿黑丝好看"……这些工作场合的男性宣讲就是明晃晃的言语性骚扰。可就算再不适，她也只能选择在公司时尽量都戴上耳机。除此之外，平日里还得找各种理由逃避跨组聚餐，记得一个周五下班前，张畅略带深意地走到她面前打量着她："慧敏，你晚上总是很忙啊。给我个面子，今天一定要来啊，让大家见识见识你的酒量。""你是谁啊？我凭什么陪你喝酒？还要搭上自己的生活时间？"尽管心里已经在咆哮了，嘴里却只能磕磕巴巴地说出："不好意思，有约了。"脸上还总是不争气地浮现过度紧张的红晕。丝毫没有张涵予硬汉气质的中年男人张畅，却留着和张涵予一样的小胡子，才不过四十而已头顶上的毛发眼见着没剩下几根了。"油渣败类。"就算在心里吐槽了几百遍，每次看到张畅那副小胡子和随着张开的大嘴抖动的黑毛痣，王慧敏都忍不住再感叹一次。

这句口号出现的时刻，小胡子正指着这句口号轻轻拍了一下大肚腩的手臂，两个加起来一百岁的中年男人眯起眼睛来哈哈一笑。一旁的刘亚男则是不自在地撇了一下朱红色的嘴又马上把表情收了回去，动作微小，但却被王慧敏捕捉到了。她那张扑克脸看上去被粉底遮盖了，就和她身上标准的中产职业装一样，像一只把自己武装起来的红色甲壳虫，有着坚硬的外壳和坚定的求生意志。

"没有了。"这张桌子上大概只有王慧敏自己和丁俊山听到了这三个字，他显然对同事这样的回答表演很满意，继续着滔滔不绝的总结。对于王慧敏来说，也只不过是把在肚子里打了几遍草稿的话又塞了回去而已。

一个月前，丁俊山在讨论会上第一次拿出这个口号的初级方案时，王慧敏就觉得不舒适："女性，不怕躺平。"初级方案的讨论会通常都仅限于快消组内部，刘亚男希望大家畅所欲言。"躺平，听起来怪怪的。"王慧敏记得自己当时是这样柔和地表达反对的。"怪吗？我倒觉得和年轻人选择躺平还是卷的社会话题联系起来，挺有新意。"主管的意见一放，大家自然都开始叫好了。所以啊，职场的所谓畅所欲言，不过是顺着老板的意思花式逢迎罢了。

等到方案制订完与媒介组一起开碰头会时，王慧敏发现自己对这句话的厌恶感在会议室男同事不怀好意的笑声和女同事略带尴尬的表情中越来越强烈。厌恶感在张畅一拍桌子激动地站起来发言时达到了顶点："不要躺平，要躺赢！""怎么样？职场、轻松、躺赢！""刘总，躺赢，怎么样？"张畅边说边做了一个托胸的手势。被对家点名的刘亚男，露出了就像被泼了粪水一样的表情，又快速撑了回去，"张总，不会也想躺赢吧？"全公司的人都知道，快消组和媒介组的主管不合：两个人年纪相仿，又都在晋升副总的人选里，平时在走廊里擦肩而过时也总是当对方是空气，也只有团建时在王总面前才会带着各自的下属上演一出"你好我好大家好"的戏码。张畅带着油腻的声调，颇为得意地摸了摸自己那簇精心修剪的小胡子："我哪有这个本事啊。这是你们女人的特权。""是吧，慧敏？"那时的王慧敏被问得两颊通红，没有搭话，借口上洗手间走出了会议室。

在茶水间里，王慧敏遇到了同样走出来的刘亚男，"亚男姐。""真××恶心。"顺着饮水机里哗哗声的，是刘亚男吐出在空气里的愤怒。那一刻，是王慧敏进公司三年来，头一回听到刘亚男说脏话。虽然作为主管，刘亚男也总有因为业绩压力对着下属发脾气的时候，但和其他男主管不同的是，她从来不会飙粗话，顶多也只是加重语气而已，其实光凭她那两米高的气场就足够让王慧敏害怕自己会不会马上就被开除了。所以直到那一天，王慧敏才发现原来平日里有着大女主气势的红色甲虫也会有面对小胡子甲虫私下爆发的时候啊。

内衣营销文案还是上线了。

"一个让女性轻松躺赢职场的装备。"通过了刘亚男、张畅、王总和甲方负责人的层层签名，没有人提出质疑。在丁俊山的汇报小结里，投放了一礼拜的社交媒体指数和电商销量效果居然都还很不错。内衣的消费者们应该不知道，这句妇女节的营销口号是几个并不打算尊重女性的中年男人主导推出的吧。再看到这家品牌还请了一位男性 KOL（意见领袖）做核心带货人，就算对当下网络媒体环境早已不抱什么期待的王慧敏，还是对这样赤裸裸消费女性的营销活动未能引起一丝反对的水花感到震惊。

难道是我错了吗？王慧敏刷着手机产生了疑惑，直到今天上午她在微博话题和评论里翻到了和她一样厌恶的声音："什么躺赢？三观不正""女性穿内衣就躺赢了？什么阴间文案""明晃晃的歧视"……看到这些评论的时候，她截图时的手甚至有些颤抖，转到部门小群时，王慧敏斟酌了一下发送了如下微信："开始出现负面评论了，舆情可能要注意一下。"

十分钟过去了，群里没有丝毫的波澜。

"你什么意思？"丁俊山私信了王慧敏，后面是一串问号。

而直到午休前，主管刘亚男也没有任何回复。

王慧敏甚至开始担心，自己这回是不是过度反应了，是不是越界了。普通人在职场最忌讳的大概就是操心自己不该操心的事情吧。这次内衣文案出现之前，她一直小心翼翼地遵守着这条铁律。王慧敏想做一个普通人，而她也是一个普通女性，当心里那条价值观的底线被铁律撞击时，维持两个普通的身份竟然如此艰难。

丁俊山发言的声音随着王总的手机铃声随即识趣地中断。这是在会议室里经常发生的事情，王总家的狗要绝育、狗又离家出走了、周末有人请他参加饭局没人照顾狗、宝贝女儿考上了重点高中……这些家庭琐事王慧敏和其他同事一样，都是在像这样的业务会议中知晓的。仿佛在王总的生活里，狗和女儿才是最重要的。而这一次，是来自甲方老板的问罪："你们怎么回事？都闹上热搜了，下面的人一个电话都不接！"

在公司开会时，每个员工都必须把手机调整到飞行模式，这也是王总的规定。当然，他自己的手机例外。

"全都给我开手机！快！"此时的王总，已经着急地站了起来，身材矮小的他大肚腩正好顶到了会议长桌上。王慧敏看到，那份半个小时前被她叠放得整整齐齐的文件，此时却恰好被压在肚腩和桌边之间，皱巴巴的，动弹不得，就像一只在马路上任行人踩扁的甲虫。

真可怜。

"网友质疑花漾内衣文案歧视女性"占据了微博热搜第二位。还是最有影响力的总话题榜。

数据总归是有意义的，尤其是在负面情绪出现时。

"怎么回事？"

"怎么回事，刘总？"

第一个责问怎么回事的是大肚腩，紧接着是小胡子。

职场老手刘亚男自然不会吞下这口气："王总，这句口号是畅总帮忙想出来的，文案思路他来解释或许更合适。当然了，我们快消组是负责这次花漾项目的主理人，接下来舆情的控制我们会迅速做出公关应对，把负面影响降到最低。"

张畅哪里是省油的灯，同样是职场老油条的他在关键时刻当然是永远不会背上自己甩出去的锅的。"我只是好心提个建议，你们做文案策划的是要最终负责的。再说了，你们当时也没有人反对啊。"

真是蠢货。王慧敏对这个上蹿下跳的小胡子愈加不屑了，这种危急关头推卸责任点到为止即可，老板要的永远是解决方案。

"慧敏，我们组慧敏提出过，对吧？"猪队友丁俊山这时候放大了自己没有脑子、没有底线也没有眼力见儿的事实。

又一个蠢货。想着丁俊山今年正在努力把自己项目经理的头衔提升为高级项目经理，王慧敏就觉得荒诞。这种时候说错任何话都是给自己主管添堵，更何况，这看似辩解之言实则是给主管扔一个大雷。这些男同事明明头衔都高于自己，却连基本的职场规则都不懂遵守，只顾着把责任都先丢出去。

再看刘亚男的表情，鼻子都要气歪了，就差直接对丁俊山喊给我闭嘴了。

"慧敏，你怎么不早说呢？"

"慧敏，因为你公司要损失多少你知道吗？亚男，你们组的项目，你负责给我擦屁股。不然……"

第一个质问她的是小胡子，第二个质问她和刘亚男的是大肚腩。

王慧敏怎么都没有想到，这口锅，能扣到自己头上来。原来普通人一旦违背了职场铁律，哪怕发出了一点点微弱的真实的自己的声音，都会受到如此残酷的惩罚。

"一个小时之内，我们会给到甲方解决方案。我保证，今天结束之前，把舆情热度压下去。"也只有刘亚男，能在一片混乱的指责声中，依然保持镇定，立下了军令状，然后把自己的组员都拉出了会议室。

"现在的网友都是什么人啊！""就是，一个个的，上纲上线……"王慧敏在走廊上还听到了大肚腩和小胡子的互发牢骚，都这种时候了，他们竟然还不知道自己错在了哪里。

真是无药可救。

然而不知道怎么回事，那一刻，王慧敏脑子里最先浮现出的事不是对这群男主管失望，而是在懊恼：这个妇女节法定的半天假期，算是泡汤了。虽然没有想逛的商场，也没有可以去的公园——这个季节的北京公园里，什么也没有。梅花刚刚落幕，樱花、玉兰、桃花也仅仅是蠢蠢欲动而已，说是立了春，地铁里每个人依然还把自己裹得很严实。可就算如此，比起在公司加班，王慧敏还是想窝在自己家的沙发上。

是啊，小窝，再小也是温馨的，大概是每个普通人每天努力最想抵达的终点。

其实，听从刘亚男指挥着干活儿是王慧敏最享受的工作状态，什么都不用思考，做好自己那份活儿就行，刘亚男永远会兜底。今天也不例外，尽管办公室空气里弥漫着一种紧张的气息，王慧敏却诡异地像松了一口气似的。似乎这才是她一直在等待的时刻：一个网友对"一个让女性轻松躺赢职场的装备"愤怒的时刻，一个媒体对"让女性轻松躺赢职场的装备"讨伐的时刻。她甚至有些察觉到刘亚男身上流露出的复杂情绪里，分明带着和她一样的，怎么说呢，或许是庆幸感：这个时代，还没有想象的这么糟糕。这似乎是女主管刘亚男也在等待的时刻。

尽管等来这个时刻的代价是张畅的落井下石和王总的责备，是反复修改的致歉信和妇女节晚上十一点的加班。撤回所有物料、全平台发布道歉声明、联系媒体发稿、清扫负面评论——这就是王慧敏做了三年、刘亚男做了十三年的所谓新媒体营销的工作。

"大家辛苦了，今天先到这里。所有人保持手机畅通，万一舆情发酵我们随时待命。"王慧敏一面尽力不在主管宣布可以下班时露出一丝急不可耐的表情，一面在心里就像装了一个倒计时炸弹似的倒数着：距离最后一班十号线开往巴沟的地铁还有十八分钟。其他几个同事开始收拾东西商量着直接打车回家，王慧敏见主管还在盯着电脑屏幕实在不好意思先行告辞。不能成为办公室里最先走的人，更不能是比主管还先走的人，是王慧敏的守职箴言。

"慧敏，你怎么还不走啊？"同事间在这种时候的客套寒暄就像一根救命稻草，这声问候得到了刘亚男的抬头回应："快走吧，慧敏，你还要赶地铁吧？"

主管点对点的下班指令，自然是比学生时代的下课铃声还要悦耳。背起白色布袋，王慧敏逃命似的冲进了夜色里。

离公司大楼最近的三元桥站有足足一公里，平时正常走路也得十几分钟，王慧敏只能小跑着。这一带有几幢写字楼，还有几片这个世纪初建造的居民小区，别看平时中午热闹得很，到了这个点，街上只剩下两道光亮：一家二十四小时营业的连锁便利店，一家日式居酒屋。杭州小笼包大门紧闭只剩下几张累了一天的板凳躺在门口，那家高级徽菜馆的金色牌匾也暗了下来静悄悄的，跑出这条街算是亮堂了些：通往地铁站口需要紧贴着立交桥下的一条绿化小道，几团飞虫在路灯下，伴着赶车的王慧敏。

每次瞧见前面的蓝色塑料棚，她就知道总算是到了。在大晚上的灯光里，塑料罩顶散发出鬼魅的蓝色光线，像是一个通往异世界的神秘管道。她毫不犹豫地踩了下去。

当王慧敏拖着那双快穿烂的匡威小白鞋踏进末班车时，早已疲惫不堪，却发现她往常加班时习惯坐的最后一节车厢也找不到座位了。大概是妇女节放假的原因吧，地铁里谈不上拥挤但依然稀稀拉拉站着一些人。能看到不少拎着购物袋的年轻女性，设计精美的购物袋上用粉色字体写着"女神节快乐"，还有看起来像女大学生的人一只手里拿着一枝红玫瑰，另一只手牵着年轻男朋友依偎在一起。

搭乘这趟末班地铁的还有一类人：他们和王慧敏一样，像是被抽光了气，耷拉着脑袋，要么在闭目养神，要么在两眼无光地呆望着车厢飞速驶过的黑暗地下道。打字、赔笑、说话、复印了整整一天的职场人，连手机都没有力气刷，淹没在了暖烘烘晃动着的铁皮笼子里。

这节车厢的编号是 W4015-24，王慧敏看着这串由数字和英文字母组成的"名字"，突然下意识地轻轻拍了一下倚靠着的白色不锈钢门板，用只有自己能听到的低喃说了一句："快下班啦。"除了更猛烈的左右晃动，车厢什么也没回应。她的背后写着一行警告："请勿打扰列车驾驶员"；她的左侧是一则贴纸广告："高效生发植发"，蓝纸白字，占据着每节车厢的门边。那组编号就印在乘客进出的自动开关门的上方，虽然紧挨着车站路线滚动图，却从未被人关注过。毕竟大家抬起头只为了看清楚下一站到哪里，这行小字总是会被视觉自动忽略。

只有王慧敏看到了。默默无闻的车厢编号，就和自己一样，每天勤勤恳恳地沿着同样的路线，上班、工作，工作、下班。十号线从巴沟出发，绕着北京的地下三环，一圈又一圈不停地循环着。王慧敏有时候觉得自己就像这节车厢似的，一刻也不能停更不能出错，复印的动作，回答"好的""明白"的声调，无意识地陷入了自动化的流程。

包括换乘地铁。

无须提醒，王慧敏就在国贸站下了车，就此暂时和W4015-24告别。从十号线转换到一号线，需要穿过一段长长的走廊，奔跑在末班车的人流中，王慧敏也很难不注意到大幅的口红广告：一个不知道名字前缀里带着几个英文和数字组合名字的男偶像正在展示他那修长手指里夹着的口红，手指几乎遮住了铺满粉底的半张脸。她扫了一眼海报，眼皮都没有抬，很快地穿过了这个原先为了维护妇女正当权益而诞生的节日彻底沦为了怂恿女性去消费的时代。

被按掉了好几次来电的妈妈微信语音，也终于不得不接了起来。

"女儿啊，怎么不接我电话？"

"女儿啊，今天节日和谁过的？"

"女儿啊，敏敏，你那个很漂亮很能干的小学同学还记得吗？我和她妈妈前几天跳舞又碰到了，很关心你的个人情况，人家也在北京，混得很好，老公是大老板，说可以给你介绍男朋友……"

"喂，敏敏，你在听吗？陈子薇你还记得的吧？"

成功挤上一号线的王慧敏，听到这个名字，差点儿掉落手机。

　　陈子薇。怎么会不记得呢？

　　都二十多年过去了吧，校服背后那被紫色水彩笔写的"ya huan cai xia"（丫鬟彩霞）四个字仿佛依然刻在王慧敏的脑门上。那是1998年《还珠格格》大火，还在读二年级的小慧敏羡慕小燕子在电视机里飞檐走壁，偷偷学着从二楼台阶跳了下去，腿自然是折了，休息了大半个月，眉毛上到现在还留下一道浅浅的疤痕。

　　在家躺着的那两个礼拜，在当时的小慧敏看来，是人生的灰暗时刻。不仅是跟不上的心算数学题、新教的唐诗，一想到同学们正在教室里听着课，在操场上跑着步列着队，她就感觉自己被全世界抛弃了。妈妈每天只会摸着她包着石膏的腿念叨"疼不疼啊敏敏"，爸爸除了摔倒那天埋怨了一句"不省心"就几乎不来房间看她。语文老师来的那个晚上，对小慧敏说了她一辈子都不会忘记的话："人生很漫长，休息的这几天不过是短短一瞬间。"当时的她当然没有听懂，而当她逐渐明白那句话是什么意思的时候，人生已经悄悄过去了三分之一。

　　回学校后，同学们显然都知道了她请病假的原因，坐在王慧敏后排的霸道小美女陈子薇在她校服上歪歪扭扭写下了那四个字的拼音，而王慧敏则因此几乎被耻笑了一整个二年级和三年级。最让小慧敏难受的，是她在不到十岁的年纪就明白了自己成不了小燕子的事实：她不会飞，不会武功，她没有会说话的大眼睛，也没有无条件疼爱她的皇帝爸爸。

　　妈妈已经很长一段时间不来催婚了。陈子薇，二十年没见还能这样给人添堵。王慧敏已经无数次想和妈妈抗议："你自己都离婚了，为什么还要劝女儿结婚？""你是结过婚了，但现在老了有老伴儿照顾你吗？"想归想，终归是不可能说出口的。再怎么厌烦，也是妈妈呀，是从小养着她却被爸爸抛弃的妈妈。

"妈，我累了，明天再说。"王慧敏压低声音，匆匆和妈妈挂了电话。

深夜的一号线有一种近乎静谧的拥挤。

忙碌了一天的人，一门心思只盼着赶紧到达北京城最东边的家里，自然是什么话都不想说的。目光所及的所有人，无一例外地懒洋洋搭在栏杆上、车门上、靠椅上。一过四惠站，一号线就跃到了地上的轨道，终于又看到了星星点点的移动灯光。是夜色里行驶在京通快速路上的汽车。王慧敏眼见着一辆白色车赌气似的超越了另一辆白色车，但它们自然都没有地铁跑得快。这个时间点了，开车的人竟然还留存着想要超车的力气，王慧敏觉得不可思议，正这样想的时候，地铁就到站了，车窗外的两道白色一下子蹿了出去，不见了踪影。

四惠东站到了。

车上的人就像鲥鱼喷出的鱼子一样全都往外面冲，王慧敏却慢悠悠地在站台上走着，她今天实在是没有多余的体力赶车了。方才还在冲刺的人群又纷纷停了下来，看来最后一班八通线已经开走了。黑漆漆的地铁站外闪烁着微弱的车灯，水泥马路上停满了没有执业证照的黑车和三蹦子。

和一号线末班车上的很多乘客一样，王慧敏也需要继续往东走。

"去哪儿？"

"景亭三苑。"

"中传那儿啊，十五。"

以往都是十块，没有精力还价了，王慧敏抬起腿把屁股挪上了三蹦子。戴着雷锋帽的师傅沿着自行车道的一边飞速逆行着，铁皮门透着呼呼的北风。谁说春天就会变暖和呢？

她还记得读研究生的第一年，自己刚来到北京，也是一个三月天，有天一大早出门就被喷了一大口沙子。这是安徽姑娘王慧敏人生吃到的第一口沙子，那一年她二十三岁。这一晃，都十年过去了。曾经的沙地通州成了新兴的城市副中心，北京就像一个重获青春期的少年在不断长大扩张着，王慧敏却越来越找不到自己在这个城市里的位置。二十出头时躲在宿舍里望着沙尘暴不敢出门的她大概不曾想过，三十岁时会用十倍的价格在比学校还要往东的地方勉强找了个出租房。

小区贴着东五环，但确实在五环外。不过每次同事问她住哪里，王慧敏都会含糊地说"朝阳，大朝阳"。其实她租住的一居室小单间所在的地铁站是八里桥，八里桥是北京主城区和副中心的分割站，西边是朝阳区，东边就是通州区了，很多年前，通州还叫通县。八通线传媒大学站到了以后还要过五站才到八里桥，这之后还要走至少快两公里，小区正好处在通州与朝阳的交界处。

这也不算骗人吧。每次这样说的时候，她都在心里小小挣扎一下，守护着自己作为一个三十三岁还没有买车买房的外地单身姑娘仅存的自尊心。

小区里又只开了一盏路灯，一个人走在夜里，多少都会有点儿害怕。这是一处拆迁安置房，有些年头了，灰色外墙脱落了不少，附近还有个外号"小西北"的聚集区，偶尔会看到几个精瘦的老人在路边坐着直勾勾地看着路人经过。想到这里，王慧敏头也不回地加快了脚步。居民楼仿佛已经陷入了沉睡，电梯里的换锁小广告上红色字体分外鲜艳，就像一道符似的瞅着王慧敏，封闭空间里静得可怕，只剩下叮一声宣告楼层到达的声音。

王慧敏低头用手快速按着密码，却发现家门口地垫旁边的男士拖鞋似乎是被移动过了。

奇怪……

是前几天吗，小区群里好像有人提过看到附近出现了举止奇怪的人……

不能再多想了，赶紧推门进去，关门，锁好门。一气呵成。

那股独居女性才有的恐惧感就这样突然涌了上来。

而所有这一切，都在身体陷入米色布质沙发的那一刻又被迅速暂时抛下了。

连鞋子都没脱的王慧敏，终于完全泄了气，缩成了一团。

这个家的所有物体都在休息，唯一在不停工作着的是书柜上闪烁着的凯蒂猫电子闹钟，屏幕显示，今天是三月九日，星期四，零点十五分。

还剩下两个工作日。

王慧敏叹了口气，把小白鞋蹭到了门边，又把身子翻了过去。

累了一天的眼皮不自觉地闭上了，脑子却不听使唤地还在转动。

下午，刘亚男把大家拉出会议室后，把王慧敏单独叫到了一边："慧敏，舆情这个事情，你没有提示风险到位，公司如果后续要追责，你是要负责任的。""不过现在，先别想这么多，我们一起把这场仗打完。""疫情之下，工作也不好找，干活儿吧。"红色甲虫的神情，严肃得毋庸置疑。柿子要拣软的捏。很显然，王慧敏就是这家公司那颗最软的柿子。永远不要指望有人会在公司里真心帮助你，哪怕那个人是你的主管，这是王慧敏早该知道的道理，只是这些话从一向比较有担当的刘亚男嘴里说出来，她就算心里有些惊讶，也还是很快默默接受了一切。

不然，又能怎么样呢？

柿子也好，黄桃罐头也好，都会有到期被扔掉的那一天。这一点，甲虫们也心知肚明。

沙发的缝隙里有碎掉的薯片，王慧敏头埋在里头，闻到一股烤肉的香精味。明明也就是周末看综艺时才吃的奥尔良风味薯片，怎么就好像已经过了很久很久呢？

虽然是碎片，也还是好香。但是，也好困……王慧敏不自觉地又翻了个身。

四月

愚人节

春天总是不打招呼就悄悄起了风，下了雨，落了一地花之后樱花才开始冒头，宣示着四月的来临。就像艾略特写的："四月是最残忍的月份，在死去的土地里哺育着丁香，混合着记忆和欲望，又让春雨拨动着沉闷的根芽。"

王慧敏的生日就是在这样残忍四月的第一天。

七点差一刻，王慧敏按下了手机闹铃，五分钟以后，她又关掉了另一个，在半困半醒之间赖了一会儿床，还没有等到第三个闹铃响起，她就揉着眼睛掀开被子艰难地下了床。

又是该死的星期一。和所有惨绝人寰的星期一唯一不同的是，今天是她的生日。

三十三年前，她作为普通女孩的人生就是从愚人节开始的，这样一年一次的日子，至少值得她早起十五分钟给自己洗个头。

吹头发是王慧敏体悟到人类矛盾性的一个有趣的地方。一方面，她非常享受橘子味洗发水带来的清新感受，尽管她很清楚那是工业香精的欺骗，但一手控制着吹风机的温度和角度，一手拨弄着香气沁人的发丝，让她觉得至少可以对自己的头发随心所欲。可另一方面，她讨厌吹干头发所需要耗费的时间。从小就是蓬蓬头的她发量惊人，就算留着短发完全吹干也得十分钟，否则一出门就会被北京的暴风天气吹得头疼。这漫长的十分钟，对她这样高度依赖手机的普通现代人来说简直就像坐牢，视频放得再大声也会被吹风机的轰鸣声盖过。王慧敏觉得自己仿佛是在被一台名叫电吹风的机器裹挟着强迫性地盯着镜子里的自己看着。

真是一张毫无生气的脸啊。

苍白又憔悴。不大不小的眼睛，不深不浅的双眼皮，不高不塌的鼻梁，方颚骨的圆脸，隐隐的雀斑里藏着没有去美容院做过保养的秘密，鼻尖上偶尔有一些黑头也会被她用指甲尖抠出来。所有的五官里，最突出的还是眼睛：大概是从小就近视戴惯了眼镜的缘故，哪怕现在有了隐形眼镜，她的眼珠还是显得有些外凸的——就像悲伤蛙一样。除此之外，眼袋也有些暗沉。王慧敏总被人说"长得幼态"，确实这些组合在一起的五官让她看上去像二十多岁的姑娘；但只要再靠近她，就像此刻她对着镜子里的自己端详的那样，就只能感受到四个字：死气沉沉。在没有光芒的眼睛里，在没有血色的脸蛋上，在下垂的嘴角上，到处都散发着冰冷的气息。

像是一具无精打采的行尸走肉，也像是在机械序列里被打磨得没有一丝特色的零件。

她记得上了大学以后，偶尔会收到高中同学发的信息：你回来了吗？今天在某某奶茶店门口好像看到你了。

是啊，小镇的奶茶店门口，西单的人群里，一号线的站台上，到处都是像她这样短发、圆脸，穿着优衣库和匡威，包里放着工牌，手机里不停闪着工作群消息，同时两眼毫无生气的普通女性。就像黄桃罐头里的一片片浸泡着的黄桃肉，消费者根本无须分清它们谁是谁，放进嘴里就是了。对于像王慧敏这样的女孩来说，社会也无须分清她们谁是谁，只要这些螺丝钉能让巨型机器转起来就是了。

王慧敏放下了电吹风，靠近头皮的内层头发还有些潮湿，但时间快要来不及了。她往手心里滴了三滴透明瓶子里的护发精油，焐热后又迅速把它们擦到发尖上。好闻的气味让她情不自禁地眯起了眼睛。

看着镜子里略显慵懒又被打造成精致未完成的发型，像是一顶偷来的假发扣在了疲惫、显露出眼袋的脸上，她想试着努力练习笑一下，可嘴角还没有上扬，就被警告要出门的闹钟从自己洗手间里这场梦境中唤醒，拎着白色帆布包蹬着球鞋跑向了电梯口。

早高峰永远是一场战争，尤其是星期一的早高峰。更尤其是对在朝阳核心区上班的通州住户来说。

每个人选择的战马都不相同。

有邻居会在早上七点就搭乘直通国贸的公交车，不仅避开了早高峰还能在车尾睡个回笼觉；有邻居会吆喝一起拼车到央视的大裤衩附近，相互分摊油费——就是到点儿不等人；还有邻居会抱怨早上小区门口的共享自行车不好抢，起晚了五分钟就得走二十分钟去地铁站。在小区群里，除了抱怨物业的保安年纪大保洁不打扫，都是这些"怎么去上班"的经验分享。

在王慧敏眼里，每日通勤的第一匹战马是一条巨蟒。

穿过北京东南部边缘的黄土地和因环球影城建成而起的农家

公寓，列车先在通州的领土上往北面缓缓爬行，然后猛地一个拐弯加速向西冲刺，眼见快要到与朝阳区的衔接线时戛然而止，蟒蛇吐着气，等待着车厢里挤成一团的乘客鱼贯而出。这就是地铁八通线。每个工作日的早晨，王慧敏都在巨蟒的八里桥上车，随着它在空中轨道中肆意驰骋，一直到四惠东再下车。

与巨蟒交换接力棒的一号线则好似轻盈的竹叶青蛇，它敞开大嘴时，早已排在车门外的名为上班族的甲虫使出浑身力气挤进这条长蛇的毒液之中，裤子贴着裙子，球鞋踩着皮鞋，手指和触角相碰，完全顾不得体面。此时的巨蟒则吐舌示意着交接完成调转方向，又向通州的腹地爬去。

王慧敏也挤在甲虫之中，数量多的时候，她完全是被推进蛇腹的；而更多的时候，她则需要花费更多的耐心，等待下一条自东而西呼啸着到站。穿过密密麻麻的甲虫们，她还是总能感受到竹叶青到站刹车时发出刺刺的声音，那是毒舌发出的调皮的信号。纵然知晓车厢里满是毒液，也得硬着头皮往里钻。甲虫们努力伸直了手臂勾着栏杆，抓着把手，随着竹叶青的激流勇进时不时地像年底南方晾晒的咸鱼一样在不锈钢吊杆上甩动着。

和下班时一样，王慧敏习惯站在竹叶青的尾巴上。车厢尾部有一个窗户，夏天时太阳晒得热烈，人们就会远离它，但王慧敏喜欢。在地上轨道的这一段，窗外能看到入京的高速上排队等候的小车，像俄罗斯方块一样整齐，远远能望到群山的轮廓，再往前，在天气好的日子里，连绵起伏的高楼仿佛就在前方，竹叶青却总在王慧敏刚见着头顶的时候遁入地下，直奔北京的心脏。

在大城市里，地铁最拥挤，但总是最快的。不像王慧敏的家乡安徽小城，人们骑着电动车去上班，在小马路上畅通无阻。竹叶青号就像黑暗地下道里的箭，一旦射出，绝不会回头，她有着一种奇妙的本领，可以在隧道里向着目标勇往直前。

王慧敏很喜欢这样迅猛的地铁，虽然每天的早高峰都是一种酷刑，但身处其中，她会想象着自己身披铠甲，与自己的战马在沙场上驰骋。漫长的通勤时间，让她学会了冥想。想小时候，想读书时期，想昨天发生的事，就是不会幻想明天。

今天也是一样，当王慧敏靠在车尾晃动的铁门上时，闺蜜汪梅的微信祝福引发的振动打破了她的冥想，腾出的双手快速在键盘上敲打着。

"三十三岁的小燕子，生日快乐！"

从十三岁到三十三岁，从她们俩没法在一起过生日开始，王慧敏总能收到这份几乎是唯一的生日祝福。打电话、QQ留言、发短信、彩信、微信……人生虽说像小学班主任说的那般漫长，可每年的生日却转瞬即逝，谁能想到那些通信载体会比祝福的文字更为短命。

不过，汪梅在王慧敏眼里成为女侠的那个瞬间却一直停留在记忆里。

小学五年级的时候，王慧敏的初潮如约而至。那时候已经有一些女同学下课时经常神神秘秘地结伴去洗手间，体育课的时候也说自己肚子疼不跑步。所以当那天真的到来的时候王慧敏反而没有那么慌张，她甚至很淡定地从家里放卫生纸的盒子里翻出了妈妈用的卫生巾。仿佛为了这一天，她已经等候多时。然而，最让她感到苦恼的不是爸爸知道后说的那句"这下好了，长不高了"，而是如何在白天的学校里从书包里拿出卫生巾这件事。

没有人教过她和她们这件事。

王慧敏和其他早早步入女性这趟列车的女同学一样，似乎莫名地对在公众场合，尤其是有男生们四处打闹的教室里掏出卫生巾有心理障碍，好像一个女孩子每个月在下面默默掉血这件事十分见不得人。女同学们都用"那个"来指代，"你那个来了？""那个带了吗？"王慧敏也渐渐得了这种提到月经和卫生巾会羞耻的病，害怕别人看到自己掏卫生巾的恐惧甚至超过了月经本身带来的生理性疼痛。那件事过后，她也疑惑了一阵子，汪梅是何时又是如何察觉她也来月经了呢？总之，当王慧敏像做贼一样从书包里拿出卫生巾又在那一瞬间被几个贪玩儿的男同学夺走的时候，是汪梅站了出来。

男同学们先是兴奋地挥舞着被撕掉的塑料外衣，然后高高地举着手甩着洁白的护垫。他们像小丑一样表演者，尖叫着，教室里的其他观众们则窃窃笑着。一切发生得太突然了，王慧敏苍白的脸红得发烫，方才还抓着卫生巾的手抖得厉害。另一个男生不知道什么时候又从陈子薇的书包里翻出了另一片卫生巾，指着刚刚进门的这位霸道班花叫嚣着："她也有，她也有！"

这份嚣张没能坚持三秒钟。汪梅一个箭步夺走了两片卫生巾，又火速地贴在了两个捣蛋男同学的大脑门上："好玩吗？！"

教室里突然静得可怕，又很快爆发出一阵哄笑声。陈子薇哭着跑了出去，王慧敏傻站在自己座位上，看着比自己矮半个头的汪梅不屑地教训完这群捣蛋鬼之后，潇洒地朝自己走来，从口袋里摸出一片卫生巾递在手心里然后风一般地离开了，就像女侠一般。

　　大人们都说，女孩子一生中有几次生日，包括出生的那天，来初潮的那天，还有出嫁的那天。

　　而对王慧敏来说，这一天，是比来初潮那天更重要的一次"生日"。小学毕业的同学录上，陈子薇给王慧敏写的是："田鸡丫鬟，你浑身上下最不普通的就是生日了。谁会挑在愚人节出生啊？"汪梅正好在陈子薇后面的那一页，她写的是："让'容嬷嬷'去死吧！愿我们都是小燕子！！！"也是那一刻，慧敏才知道，原来女侠就是二年级时替她抱不平的那个神秘纸条的主人。在"ya huan cai xia"事件的第二天，陈子薇倒是哇哇大哭先跑去了班主任那里告状。原来她在抽屉里收到了一个信封，里面除了一张皱巴巴纸条上歪歪扭扭的"容嬷嬷"，还有一只尚在挣扎的小蟑螂。

　　一晃就是二十年。

　　陈子薇大概如妈妈所言在北京过着贵妇生活，她自然是不需要挤地铁的。汪梅早早在老家结了婚，考了事业编，从小区到单位走路不过十分钟，也是不需要挤地铁的。需要挤地铁的，也只有王慧敏了。

　　正在和女侠发着微信的王慧敏，突然听到左侧车厢里的吵闹声："啊！流氓！""啊！变态！""他摸我！""抓起来，抓起来！""年纪轻轻的，这么下流！"

　　叫喊声几乎要压过车厢广播里报站的声音。

　　周围挤在蛇腹里昏睡的战士们也纷纷醒来，有的伸着脑袋，有的举着手机，在每日重复又疲倦的上班途中，看着这难得一见的热闹。

　　一个身高有一米九以上、高出众人一个头的年轻男生背着一个黑书包，书包上还吊着一个绿色毛茸茸的网球挂件，看着像刚毕业才工作的样子。从王慧敏的角度看过去，正好是这个"咸猪手"的侧面：清瘦、戴着黑框眼镜，除了大高个子，还有一股逼仄的寒意。是的，那股冷意，正穿过拥挤的人群，也向王慧敏袭来。眼下，他正被一个正义感爆发的秃头大叔伸长了手臂压着肩膀。他的头发也与如今随处可见的平头男青年大不相同：头发养到了脖子根，但长刘海几乎盖住了上半张脸，正随着身体的摇摆左右晃动着。他的正前方，是一个化着淡妆穿着黑色职业装的女生，应该比年轻男生长几岁，此刻正捂着自己屁股显露出羞怒的神色。他们周围，挤着几个上班族模样的男性，都低着头。

　　下一站到了，年轻的咸猪手男生和受侵犯的女生被一群人拥着下了车，王慧敏踮起了脚尖，好像看到穿着制服的地铁保安也来了，隐约能看到那个高个子竹竿男生摇晃着刘海，连连摆手否认的样子。

　　真是斯文败类。

　　地铁门又关上了。车厢里恢复了原先的浑浊和嘈杂，没有到站的士兵继续站着岗。

　　王慧敏正在忙着给女侠发送："地铁里看到一个斯文变态。"

　　她没想到的是，两个小时之后，还会在办公室看到这个"变态"。

　　每个星期一的上午十点，公司都会召开例会，雷打不动，除非王总家里的狗又闹出了什么急事。

　　说是例会，更准确说是这个公司的中高层业务画饼和复盘会。是的，这个会，只有"高级经理"头衔以上的同事才配得上参加。像王慧敏这样的"项目策划"和丁俊山这样的"项目经理"都是没有资格入场听会的，他们只能从主管刘亚男的转述中获知一些二手消息，同组其他两个"高级经理"同事则不会多透露半句。毕竟在职场，信息也是分等级的。这一点，这家只有不到四十人的小小营销公司，可是玩儿得明明白白。

　　开例会的地方是全公司最大的那间会议室，茶水间也在那附近。刚进公司的时候，王慧敏有次在十一点出头的时候去给自己的茶包里添热水，遇上开完会的甲虫们一个个像列队似的按顺序走出来。见到她的人，仿佛在夜行路上见到了鬼，惊讶、鄙视、嫌弃，脸上写满了："她来这里干什么？""真是会挑时间啊。"

　　王慧敏敏感地接收着这些眼神背后的心思，心里默念着我只是打个热水而已，一面尽量低着头避免自己的存在影响到这些甲虫前进的路径。

　　而当红色甲虫和另一位主管边说边演绎着职业微笑出来看到她时，却像条件反射一般把头撇了过去，仿佛承认有这样的下属就像她自己受辱一般。

　　王慧敏在那一刻，是有些失落的，但她很快就收回了这份情绪。就是在这样日常的点滴中，她默默积累着自己作为普通黄桃罐头的经验。

　　也是那一次，在从会议室拥出的甲虫中，王慧敏发现了主管刘亚男的特别之处：她是那只唯一的红色甲虫。明明公司里超过三分之二的员工都是女性，可女性高管却只有一位，就连高级经理都少得屈指可数。

　　总之，每个星期一的上午，虽然不用参加公司的高层会议，王慧敏依然必须完成营销简报和数据统计的基础工作。就算浏览网页、复制粘贴、排版编辑她已经做了有几百遍，但和所有患有"星期一抑郁症"的普通打工人一样，一想到这些早已被训练成肌肉记忆的工作，她就生起一股洪水般的忧伤。这种意味着绝望循环开始的星期一，总是可以轻而易举毁掉上班族的心情。

　　而这个星期一，除了是生日，还发生了日程之外的事。本应该还在开会的刘亚男，高跟鞋声音提前回来了，附带着的还有她有些沙哑嗓音叫着丁俊山和王慧敏一起去会议室"开会"。王慧敏注意到，刘亚男的表情非常难看，画好的眉头紧锁，似有一种不服气的情绪挂在了脸上。

　　会发生什么事呢？

　　走进会议室的时候，大肚腩王总正在和人事总监有说有笑，大概是看到三张面无表情的脸，马上收起了笑脸。

　　这是三年来王慧敏第一次和王总、刘亚男、人事总监三个处在同一个空间里如此严肃地对话。上一次，还是入职时的最后面试环节。

　　每年生日的时候，都会有一些奇怪的事情发生。起初，王慧敏没有在意，把它们归于愚人节的原因。慢慢地，她反而开始期待每一年的这一天，无论是好是坏，总会发生一些事，就像是老天送给她的愚人节生日礼物。

所以当满脸横肉的王总一本正经地宣布那件事时，王慧敏仿佛解离了。对面甲虫们吐出的字就像一个个汉字符号萦绕在她的耳边，内心深处有一个泉水般的声音呼唤着她：属于今年的"礼物"终于来了。

公司对"花漾内衣三八节营销舆情"的处理结果是：

原快消组具体执行的丁俊山、王慧敏以及主管刘亚男取消本年度的一切考评奖金，三人平行调离快消组去电影营销组；另外，王慧敏还被要求"留岗察看"，理由是："明知舆情存在且已威胁了客户名誉和公司业绩，未做出补救措施。"

是啊，刘亚男也好，丁俊山也好，都算是公司的老员工了。只有王慧敏，差一个月和公司签约才满三年。合同法上的数字总是在不经意间保护着甲方的利益。

王总在说这些话的时候，一旁的人事总监不停地观察着三个人的表情，尤其是刘亚男的表情，就像战士在随时根据对面敌人的行动立马做出反应回击一般。

对主管刘亚男来说，这的确是当头一棒。

尽管这家营销公司属于一家大型文化投资集团的子公司，但电影宣发的业务因为工作强度大、利润极低，是个吃力不讨好的苦差事；快消组就不一样了，产品迭代快、利润高，还有很多灰色地带可以牟利——更重要的是，就像所有公司的不成文规定一样，只有在重要部门的主管才有晋升副总的机会。而在这家公司，两个最核心的部门一是刘亚男带领的快消组，另一个则是张畅带领的媒介组。全公司都知道，刘亚男和张畅这些年来一直在打擂台。王总的这次"通知会",与其说是宣布调整团队,不如说是对刘亚男打入冷宫的一次宣判。

对王慧敏来说,换一个业务组其实伤害性不大,黄桃罐头被放到哪个位置都是黄桃罐头。她甚至还有些庆幸生活里终于有了一些变化,哪怕是被动的。唯一让她心里一咯噔的是"取消奖金"和"留岗察看"。对于要"背锅"这件事,她不是毫无准备的,尽管心里早已积压了无数的委屈。自己是个打印机专业户软柿子,全公司都知道,但是奖金……

比起同龄的很多女生,王慧敏每个月的开销并不大,但就算已经在省吃俭用了,依然没有什么富余:一个月房租和水电四千八百,通勤的交通费三百,工作日午餐一千,话费一百,自己做饭买菜和水果五百,看电影一百,还有一些总也不知道为何但都有的杂费开销一千,她几乎不买新衣服,只在打折季时囤下一些基本款,就算如此,每月剩下的也就不到两千了。要是遇上同学结婚,就算不去婚礼现场,她也不得不碍于情面给对方发出红包炸弹,这样的话一个月下来就真的只能被迫"月光"了。每年的奖金就不一样了。王慧敏不期望拿最高的考核评级和奖金额度,只要把她应得的那一万二给她就行了。靠着这些年点滴的积累,她攒了快五万元。每当看着账户里的五位数数字,她会禁不住地发呆,其实她从未认真地想过要拿这笔钱去做些什么。可能会一次性转给妈妈吧,就当作一个不孝女儿给她的六十岁礼物;也可能会出国旅行一趟,去现场看一次 black pink 在首尔的演唱会……又或许,只是一种没来由的安全感。她在这个两千万人口的大城市里没有朋友,也没有可以依靠的人,只有这些贩卖时间和尊严换来的薪资数字会永远躺在那里，让她冬天有暖气用、夏季有空调吹。

所以当"取消奖金"的声音像炸弹一样被扔出来时，她像那些战场上被突袭的人一样，耳边突然失去了声音，脑子里一片空白，只剩下扑通扑通的心跳，王慧敏竭力掩饰着自己的愤怒和委屈。因为她知道，这些情绪与她一样，都无能为力。

至于"留岗察看"，这个词语经过她耳朵时，王慧敏甚至来不及思考它的威慑力。

况且，并没有人在关注她。

会议室里的确静得出奇，好像所有人都屏住了呼吸，等待着红色甲虫刘亚男的反应。是啊，就算要被巨人踩死，甲虫也依然会被分成不同的等级。像王慧敏这样的无名小甲虫，踩扁了也不会有人看一眼的。

王慧敏也担心刘亚男。她不敢看向正坐在自己右侧的主管刘亚男，却能感觉到一座冰山正在会议室里铸造起来，冰山上，一只倔强不屈的红色甲虫正在一点点往上爬，好不容易到了半山腰，又被突如其来的冰雹砸了下去。爪子朝天，她仍然在奋力翻着身……

"服从公司决定。"

王慧敏听到这六个字从刘亚男倍显嘶哑的嗓音里发出，却带着咬牙切齿般的决心。刘亚男在妇女节那天略带警告地提醒王慧敏准备背锅时，应该不会想到，公司竟然会把自己也一锅端了吧。想到这里，王慧敏心生怜悯，又不禁觉得讽刺。

"这就对了。公司一直以来也都很感谢大家的付出。"

王总瞬间露出舒展的伪善笑容，人事总监则是松了一大口气后又立马没来由地挑着眉毛，似乎是在挑衅。堂堂刘主管，也不过如此。

刘亚男很快站了起来，不再多说一个字，那把椅子也因为被突然的拖拉和地面发出尖厉的噪音，王慧敏低头时注意到，那片长桌底下铺设的深棕色地毯上留下了刘亚男高跟鞋异常的痕迹：两个很深的带着恨意的小坑。

原来红色甲虫爬起来之后，会发现那条通往冰山山顶的道路不过也是一条隐形的流水线。

那天同时被通知的，还有两件事。

一件来自王总之口："总公司主投资的《决战乒乓之巅》杀青了，有计划在今年上映，这也是你们组表现的好机会。"

另一件来自人事总监："另外，今天有个实习的牛津高才生会来报到，协助你们宣发组。不过他刚说路上遇到突发事件，可能要中午才到。"

当时的王慧敏浑然不知，这两件被顺便提起的事，此后竟会在自己平淡的生活中激发起一阵又一阵的涟漪。

王慧敏迟疑了一会儿，才跟着刘亚男走了出去，丁俊山则像粘在了椅子上一般。这只原先妄想着今年能把头衔抬高一级的甲虫，正抓住最后的机会近乎趴在桌子上，露着比五十岁王总还油光发亮的脑门，对着人事总监和王总卖弄谄媚。

王慧敏实在不忍心，也不屑于观摩他的表演了。

更拙劣的表演，来自听闻消息后前来"道喜"的张畅。

只见他一手搭在王慧敏的工位格子上，一手扶着他那副金边眼镜，猥琐的眼神穿过镜片仿佛是要刺透她的全身。"慧敏，这下你可是要显露真酒量了。""要拿下影视公司的单子，不喝酒不行啊。""你有空的时候，畅哥教你怎么喝酒。"

如果说甲虫也有基因的传承，那么张畅就是那种有着"顽强基因"的品类：他可以面不改色地在言语中骚扰女同事，脸皮厚到刀枪不入；他的命也很硬，无论被人在心里咒骂多少遍外表看起来依然毫发无伤；他还会散发着恶臭，夏天的汗臭和一年四季的口臭，让其他生物出于本能地不愿意靠近。

在心里，王慧敏早就把这只臭甲虫踩了几万遍。但在张畅面前，她还是那张苍白的没什么表情的脸，掩饰着慌张和厌恶。她不知道如何也不想去回应张畅的话。

站着的张畅俯视着手足无措的王慧敏，口腔内的恶臭顺着气流自上而下喷出，无须抬头就能知道张畅所剩无几的发根正贴着头皮被撒下一阵皮屑雪花，那股居高临下的压迫感简直让王慧敏快要窒息，而她也只能用食指使劲掐着自己的手心。

来拯救她的，是一位人事经理和一位年轻的大高个儿。

"介绍一下，这是今天起来你们组实习的同事，Eric（艾瑞克）。"

王慧敏与相距一米远的陌生年轻人轻轻对视着，又高又瘦，肩膀很宽，黑色套头卫衣外面是一件黑色登山装外套。奇怪的是，这个散发着运动舒适风的年轻人，还有一股书卷气，可能是名校优等生的缘故吧。而明明是微笑的眼睛里，却让人感受到一股冷意和愁绪。

等等，怎么有点儿眼熟？这个厚厚的几乎要遮住眉眼的刘海……

王慧敏心里一道闪电划过。

这不就是早上地铁里那个咸猪手、那个斯文败类嘛?!

年轻男孩走过来,背后的书包肩带上晃动着一颗小网球挂件。

果然是他。

此刻,斯文败类正微笑着和自己打招呼,还主动伸出了手来问好。

王慧敏迟疑了一下,与自己那只汗津津还有指甲印的右手握着的,是一只宽大但冰凉的手,没有温度。

果然是冷血的斯文败类。

不过似乎除了她,刘亚男和张畅对这位艾瑞克的兴趣都不大,毕竟只是一个实习生而已,主管们没必要浪费力气展现友好。他来得也真不是时候。

"还有一件事,刘总?刘总在吗?"

在人事经理喊了几声之后,刘亚男才从她的主管隔间里极不情愿地走出来。

是的,在公司里,比甲虫们名字前面的头衔更为显著的展现等级的方式,是座位。

身为小组的主管,刘亚男拥有自己相对私密的空间:在靠窗的那排,设计师精心留出了几个能被阳光抚照的位子,再用三个高于身高的挡板遮挡着。其中一个,属于刘亚男。落地窗外的三环高架、高楼与车水马龙的视野,代表着甲虫总监头衔的分量。而王慧敏丁俊山们,则被挡在这之外相连接的格子间里,每个人的工位面积不到刘亚男所拥有的三分之一,这似乎也和他们的薪资相匹配。

"刘总，宣发组的座位在西面，需要麻烦你们今天下班之前调整好位置。"

人事经理的通知里不带一丝感情，就像地铁报站的机器一样。

"那我不打扰你们——收拾了。"又是张畅那恶心人的声音，"西面好啊，没有刺眼的太阳。刘总，慢慢收拾。"他那拖长的尾音，意味深长又幸灾乐祸，转身离去时后脑勺上残留不多的发丝仿佛都跟着主人在跳跃着向四周的人挑衅。

刘亚男没有回答任何人，王慧敏看到她那张分明才四十出头的脸上，虽然涂了粉底，红唇也暗淡了下去，利落的黑色短发造型塌了，整个人失去了光彩，仿佛一下子老了几万岁。

"午餐之前，收拾完。"

丁俊山还没有从会议室里出来，刘亚男这句命令的收件人，只有王慧敏一个人。就好像战场上，身为将军的刘亚男只剩下王慧敏这一个小兵了。

好的。好的。好的。

除了"好的"，王慧敏在公司最常说的还有"收到"和"不好意思"。想来也很可笑，做营销策划需要不断思考新颖文案的人，每天不断输出的，却是重复、没有什么信息含量更没有什么尊严的词语。

在这两个字的背景音乐中，刘亚男很快消失在了属于她的主管隔间里，也是倒数计时的东边隔间里。

其实收拾工位对王慧敏来说，不算是什么难事。三年来，除了水杯，她从未把自己的私人物品往这家公司带过，什么靠垫、披肩、镜子、拖鞋……很多女同事桌上的那些可爱小物件，她统统没有。她的工位上干净得只剩下电脑和鼠标、打印的资料和文件夹，如此而已。小甲虫们和公司的关系，不过是依靠着工位上的这些工具维持着而已，也就像这些工具一样，如果用久了太旧了，小甲虫们便会随时被移动，被更换，或者被丢弃。

从十九楼的东面到西面，也就二三十米的路程，对王慧敏来说这条原先的打印必经之路此刻却显得极为漫长。她抱着电脑和放在上面的一堆文件，小心翼翼地跟在刘亚男的高跟鞋后面，往日里掷地有声的鞋跟现在就像旧棉絮一般有气无力。在她的眼前，刘亚男依然笔挺的背影正在一点点陷入灰暗中。西面，原来是连正午阳光都晒不到的地方。

大概是没开灯的缘故，宣发组所在的位置显得阴沉沉的。刘亚男的主管位子依然在一间半封闭的格子间里，不过这里的面积只有原来的一半大，她甚至放不下自备的立式衣架。王慧敏的工位倒没有什么变化，还是白板一样的三合木桌面，上面留出了电线插头的位置。

见刘亚男抱着驼色羊绒大衣，面露愠色，在狭小的隔间里转来转去，王慧敏赶紧上前替她接下了大衣，细心地叠在左手臂上。她也不知道自己为何下意识地会做出如此举动，但除此之外，她也说不出什么话来。接衣服的那一刹那，刘亚男明显先愣了一下，又很快不带犹豫地递给了这位话少的下属。

"需要帮忙吗？"是好听的、有磁性但青涩的声音。

还没等王慧敏转头，那个声音就飘到了旁边，随之而来的还有一股橘子的清新。大概是国外待久了，男孩也爱喷香水吧。

是王慧敏喜欢的香气，带着一股凛冽，就像一脚踩进了阳光下的橘子园里。

这样的距离之下，甚至能看到他细长睫毛敲打着眼镜片的样子，快要被盖住的眼睛在眼镜后面分明在闪躲着什么。

真是斯文——败类啊。

"我是艾瑞克。"

这样一张脸，这样的声线，这样的气味，还有人畜无害的笑容，实在让人讨厌不起来。艾瑞克顺势很绅士地拿过那件大衣，小心地把头探到刘亚男的格子间里："需要帮忙吗，刘总？"

哎，又是一个马屁精啊。

王慧敏在心里嘀咕着，橘子气息的好感消失得无影无踪。

九〇年出生的王慧敏已经在职场见识过了太多精明能干的九五后，现在又迎来了把"眼里有活"演绎得更为出神入化的〇〇后——还是个斯文败类。

是什么时候开始的呢？

社会开始把年轻人按出生年月划分。王慧敏小的时候，报纸上的标题都是《八〇后是不是垮掉的一代》，后来等她工作了，领导把她拉进群后的第一句介绍语就是："欢迎九〇后的小美女！"再后来社交媒体上开始充斥着"第一届九〇后都开始准备养老了"。那也是王慧敏的三十岁，年轻人就这样被封印在一个个数字之下，成了出生即宣判死亡的黄桃罐头。

"艾瑞……不用了。"刘亚男的英文不好，大概是心高气傲的她唯一的弱点了，在河南小乡村里苦读出来的女强人，确实没有像城里小孩那样从小纠正英文发音的机会。

"叫小艾就可以了。"

噗。王慧敏在心里笑了出来，哪有人把自己的英文名字都当姓氏用了，不过，她也暗自感叹着艾瑞克不露声色替人着想的小心思。

"庆祝公司的第一位○○后实习同事，中午一起吃饭啊！"人事经理的声音从东边渐渐传到了西边。

"我、我中午约了人。"

"又是男朋友啊？"

面对其他同事的起哄，王慧敏不自觉地瞥向了艾瑞克，还好小男生正在给刘亚男服务着——整理工位，似乎没有注意到这股职场八卦的妖风。

"我也不去了。"格子间里传来刘亚男沙哑又暗幽幽的声音。

没有人再催促了，不知道谁喊了一声"Eric"，斯文败类有点儿不好意思地和她们暂时告别，承诺着午餐后回来继续帮忙。然后就听到了公司那扇玻璃自动门大开大合的声音，还有电梯下楼的声音。

十九楼终于又安静了下来，就好像大家都在午睡时那般。

隔壁传来打印机的轰轰声，熟悉的声音竟然让王慧敏觉得心安。

刘亚男坐在新位子上，望着窗外的老小区门口互不相让的私家车。也是头一回，她听到了不远处机器轰鸣的声音。

从公司附近的车堆里骑上一辆蓝色共享单车，穿梭在熟记于心的那条重复的路线里。四月的阳光打在她一览无余、毫无遮瑕的脸上，像照耀不醒的干花。每天午餐的这段时间，如果没有什么加急的工作，这就是她最放松的时刻。

额头冒着一点点汗，王慧敏走进了这家距离公司两公里的便利店，她称它为二号便利店，距离一号便利店远了不少，也正因如此不用担心会偶遇同事。

伴随着店员"欢迎光临"声音的是丁零丁零好听的铃铛声，明亮的天花板和一尘不染亮白的瓷砖地板，还有早早开了冷气的空气里飘来的关东煮和加热茄汁猪排饭的味道。

尽管王慧敏每个中午都会来二号便利店报到，但熟悉的一切还是让她的心情像晒了太阳又卷起来的毛巾毯一样舒适，尤其是在这样一个忧伤万分的星期一。

今天毕竟是生日，就从饮料和甜点开始挑选吧。

桃子味的、荔枝味的、零卡零糖的……在便利店冷柜里摆放得整整齐齐的七彩塑料瓶身上，总能窥见这个时代年轻人的心思：想要甜，又不想胖；想要舒适，又不想努力；想要离家近活儿少，又不想低工资；想要自由，又不想反抗。

三十三岁的这一天，王慧敏给自己的放纵找了借口，她取下一瓶橘子味的气泡水、一个巧克力味道的米布丁。

接下来是便当的环节。今天晚了十几分钟，不过还好，正赶上打工的店员在补货：二十个小时之前还在河北县城的供应链上蠕动着的食材如今已经被安放在透明盒子里，荤素搭配好，静静等待着上班族伸出手来。在番茄炒蛋、咖喱猪排和香菇肉酱意面之间，王慧敏犹豫了一会儿，还是拿出了猪排。虽然今天应该吃点面条的，但是炸得黄金酥脆的猪排实在是诱人。也只有在今天，王慧敏不用考虑午餐预算，潇洒地结了账。

　　二楼逼仄的就餐区桌上摆着几个店员还没来得及收拾的塑料便当盒子，有一个穿着西装、中介模样的年轻人把手机游戏声音开得老响亮了。王慧敏找了一个角落坐下来，颇具仪式感地把便当、甜点、饮料一一摆开。

　　好吃、便宜、无人打扰，这就是便利店吸引人的地方，这大概也是王慧敏乐意待在北京的一个原因吧。在老家，只有小卖部，没有便利店。小卖部里的老板总是会在结账时和你聊上几句，但便利店里的店员却巴不得你使用自动结账机避免交流。这种不需要社交的城市生活，王慧敏很享受，哪怕有时也会孤独。

　　工作日午餐的时间里，她想一个人安安静静的。这也是为什么她一进公司就给自己编了一个"正好也在附近上班的男朋友"的原因。

　　有了这个虚构的护身符，王慧敏就有理由回绝午休时同事间的无聊社交，她闭着眼睛都能背诵大家聊天的内容，单身的女同事永远在说自己昨天追了什么剧，哪个爱豆又塌房了，美甲店的小姑娘又说了什么八卦，哪家医美机构的水光针又有内购价了……

　　难怪社会总爱给年轻女性贴标签。她也知道，"这不是她们的错"。她们成长于不断被喂着偶像剧、流行偶像、甜美网红、医美广告的时代，只能变成那个被塑造、被期待的女性模板。而王慧敏，游离在模板之外，自然像个怪物。

　　蘸满咖喱酱的黄瓜丁和土豆丁，混合着黄金猪排，再配一口微波炉一百八十度加热过的白米饭，流水线生产的便当里，王慧敏吃到了满足。要是没有这些便利店美味，人生不知道还会更惨淡到什么地步。

王慧敏吸溜着橘子味的汽水，冰冰爽爽的。其实，她平时不怎么爱喝碳酸饮料，小时候，妈妈就不让她喝。

"牙齿会坏掉""长不高""又贵""怀你的时候就从不吃这些垃圾食品"。

一九九〇年四月一日，王慧敏出生在安徽南部的一个小县城医院里。听外婆说，妈妈那天从凌晨疼到太阳落山，终于在傍晚时把她给求出来了。"还这么小，就是个闷葫芦了。"外婆总是用手比着婴儿的小短身子，笑眯眯地摸着慧敏的脑袋讲这些事。刚出生的时候，慧敏不哭，护士连打了几下都不哭，可把筋疲力尽的妈妈又吓了几回。等慧敏哭出来了，原先守在产房外的爷爷奶奶也离开了，说是要回家吃晚饭，他们等了一整天，却等来了一个孙女儿。慧敏的爸爸还是看了一眼她才跟着回去的，婴儿的样子皱巴巴的，也没有小鸡鸡，如果小慧敏那时能睁开眼，她大概会看到爸爸失望至极的目光。小婴儿慧敏也不会懂，对于体制内双职工家庭来说，只有一次生儿子的机会。但他们赌输了。准确地说，是爷爷奶奶爸爸赌输了。妈妈被迫参与了这场赌局，但只有她不在乎结果。生完慧敏之后，她得了痔疮，每年夏天都会特别疼，不过，好像每个妈妈都会这样，她总是说，这没有什么大不了的。

妈妈坐月子的那段时间，外婆和妈妈轮流抱着小慧敏，怎么都看不够，也都亲不够。她快半岁的时候，亚运会首次在中国举办，电视台上标着熊猫盼盼和北京的字样，妈妈一边给慧敏喂奶一边看着邓亚萍的比赛。也是那一年，邓亚萍开启了属于自己的时代，夺得了乒乓球大满贯，成了全中国最知名的女性运动员。同一年，产假后回去当地工商局财务科上班的妈妈，藏起了邓亚萍的海报但同时也翻出了尘封两年的乒乓球拍。曾经是半个乒乓球职业选手的妈妈，似乎对怀里还不会说话的女儿有了什么期待。

　　不知是不是总是跟着妈妈在客厅里看电视的缘故，王慧敏四岁就检查出来近视了，戴着厚重的金钢矫正眼镜的她成了幼儿园里的小怪物。蓬蓬头，白得吓人的肤色，扁平的鼻子，还不爱说话，很快，就有小朋友会追着她喊"四眼田鸡"。妈妈去接她放学，小慧敏一言不发地抱着妈妈小腿不放，镜片底下是憋了一天的眼泪。那以后，妈妈就开始在周末拉着她一起练习乒乓球，据说能改善视力。小慧敏似乎还有点天分，她不觉得累，在乒乓球一来一回的对垒中，找到了一种默默流汗的快乐。只是有一天她因为赢了妈妈一局兴奋地喊出了"我是邓亚萍"，却被下楼的爸爸撞见并冷言冷语回击了："能有几个邓亚萍。"热气布满了眼镜框，大汗淋漓的小慧敏抓着球拍不知所措地站在自行车棚里这张简易球桌旁。她才五岁，但却体会了难过的心情。

　　步入小学之后，又发生了两件事。二年级时，在财税局上班的副科长爸爸越来越忙，妈妈从会计岗位转去了行政科室，这样才有更多的精力辅导王慧敏的功课以及照顾查出来有肺病的外婆。五年级时，北京申奥成功。王慧敏永远忘不了十一岁的那个晚上，全家人早早吃了晚饭盯着电视机看，邓亚萍作为运动员代表作了精彩的陈述，王慧敏在她眼睛里看到了光，是让她觉得遥远又很想触及的光芒。在宣布"北京"的那一瞬间，小区外和电视里一样，有人放起了烟花。长安街上车水马龙，每个司机都拿着国旗探出头来欢乐地按着喇叭，天安门广场上，所有相识和不相识的人都抱在一起，笑着，还是笑着。国旗就在夏日的晚风里飘啊飘，像一只只欢乐的红蝴蝶。

烟花照亮了王慧敏的脸庞，她在电视机前暗自下了决心，长大以后她要去北京上大学，她要去看二〇〇八年的奥运会。那晚之后，妈妈却像泄了气一般，开始暴瘦，乒乓球拍又被搁置起来，外婆的病越来越重，爸爸不回家的次数也越来越多。

塑料瓶里的橘子饮料，让王慧敏想起了老北京特色的北冰洋，总是一个玻璃瓶子，总有一只北极熊。

第一次喝到这种橘子味汽水的时候，是刚来北京读研没多久，应该是秋天的时候吧，班里几个同学乘坐一号线从城市中心的西单商圈回来，到达传媒大学站的时候突然狂风四起，他们从地铁口爬出来，四处逃散躲雨，就像因无知进入山野冒险又被困于丛林中的闯入者。最后几个人就近跑去了学校南门口的小饭馆躲雨，顺便吃了宵夜，一人点了一瓶北冰洋。

瓶子上的北极熊还挺可爱的，荡漾在黄色的甜味汽水里瞭望着远方。王慧敏不忍心喝下去，想到现实中的北极冰山已经在融化了，有些心疼起来。但那晚的烧烤太咸，她也不怎么说话，最后还是一口气喝完了。斜风雨一直刮进来，把碗筷都打湿了，但是年轻的学生们都不在乎，还在吹着夏天的牛。

有人把手机里的音乐打开了，在嘈杂的烧烤摊上播放着朴树在那一年的夏天新发行的单曲《平凡之路》：

我曾经失落失望失掉所有方向

直到看见平凡才是唯一的答案

当你仍然　还在幻想

你的明天　Via Via

她会好吗　还是更烂

对我而言是另一天

　　那天晚上，风一直吹着，刚来北京的学生们脸上都是无畏的笑容，这首歌就这样被循环播放着。

　　王慧敏一直记着吉他的旋律，是因为那个时候经过两次失败才成功考研"上岸"的她，还以为自己真的上了岸，就好像岸上会有一整片美好的明天在等待着她。

五月

五月的天

小长假一过，天气就突然热了起来，从不提前一点打招呼，就像年少时的夏日里突然到来的青春期那样。

王慧敏还是在白色短袖外面套了一件淡黄色的条纹衬衫，写字楼里的冷气很猛烈，每到初夏的苗头一显现，匍匐在每层楼天花板上的中央空调就会开始奋力工作。

艾瑞克今天也穿了一件浅色衬衫。当王慧敏那张因为太阳微晒显露出绯红色的脸在摄像头里出现时，公司的玻璃大门随即打开，艾瑞克宽厚的、端坐着的背影让她看得有些出神。想起其他女同事打趣说艾瑞克是"三元桥许光汉"，还真有几分相似，只是帅气之外比阳光四射的许光汉多了一丝忧郁。"早啊。"他始料未及地转过头很自然地微笑，王慧敏有些慌张地点着头快速迈向了西边。

燥热的天气，多少能打点儿掩护。

三年前刚入职公司时，王慧敏也在艾瑞克的这张桌子上坐过大半年。桌子近似正方形，能容纳四个人，不过王慧敏从未看过那里坐过多于两个人。这个几乎正对着大门的区域，是"新人特供"：除了新员工和实习生，谁都不会坐在那里。王慧敏到现在还记得自己一个人在白炽灯下熬过的六个月：每个人都可以看到她，每个人去厕所都会路过她，每个人都可以使唤她……她感觉自己像一个被围观的猴子，关在百货大楼临街的橱窗里，供人们观赏、逗笑、评头论足。不，她比猴子还要累。

"慧敏，过来一下。""慧敏，帮我复印一个文件。""慧敏，文案你来核对。""慧敏，帮忙买一下开会喝的咖啡。""慧敏，大家都还在忙，你订一下同事们的午餐……"

在名为"试用期"的时间里，王慧敏什么活儿都得干。她只有像陀螺一样不停地旋转才能保证自己经受住这条流水线的考验。尽管她也明白，六个月之后，流水线的运转不会发生什么本质的改变，但她至少会拥有一个不那么引人注目的普通工位。

座位，是名为公司的机器在驯化名为员工的零件时开启的第一课，它的意义远大于一切。

但是如今坐在这里的艾瑞克，却对自己的座位表现得十分坦然，他甚至会主动和每个早晨上班的同事们打招呼，像是在进行着某种仪式一般，就像是不断把石头拱向山顶的西西弗斯，认真地做着徒劳的工作，日复一日。

真是不可思议。

同样不可思议的还有艾瑞克在公司受欢迎的程度——好吧，也不是那么不可思议。起初，颜值应该起了很大的作用，毕竟在一个女性居多的营销公司，一个高大帅气的吉祥物总是有种令人心安般的养眼。就连平时和王慧敏没有什么眼神交集的其他组女同事，都会在茶水间偶遇时向她夸几句艾瑞克。王慧敏心想，他既不是我儿子，也不是弟弟，更不是男朋友，对着我夸，有什么意义呢。原本无人问津的影视宣发组突然成了羡慕的对象。"艾瑞克今天好像心情低落"，"艾瑞克今天换了一双球鞋"，艾瑞克毫无疑问成了被审视和评论的对象。而对艾瑞克的外形无感的，似乎只有刘亚男。自从搬来西面之后，刘亚男比以前行事更谨慎了，魄力还在，只是抓的工作更细致了，就连具体文案都会亲力亲为，督促项目进度的频率也更高了，有时候王慧敏在工位上还会不时听到她快速敲打键盘的声音，局促而烦躁。

而这个艾瑞克，做事也算靠谱，一板一眼的，似乎对数字格外较真儿，光是一个统计微博阅读量的小活儿都要多次和王慧敏确认"究竟衡量的维度是什么"。待人接物也很礼貌，听说他高二时就去英国留学了，从中学到大学，全是名校读的，实在不清楚怎么就来了这个小庙。当然，这些都是在茶水间里听到的，真真假假也不好辨别。只是每次王慧敏在媒体上看到"最难毕业季"的话题就会想到这个小男生，但也只是一闪而过。不过相处久了，他那爱追根究底的毛病也确实会把王慧敏问烦了。那周小组正在筹备五一档期一部战争片的首映礼活动，艾瑞克突然问她知不知道北京哪家 IMAX 影厅屏幕最大效果最好。王慧敏不知道答案。她记得自己是这样回复的："我们只需要供应商提供一家最便宜且不太旧的 IMAX 厅就行了。都是 IMAX 厅，没有太大差别。"

"我理解……但就算这样，也要知道哪家是观影体验最佳的不是吗？""每个 IMAX 厅都有自己的技术参数，屏幕宽度、光线指数，我们难道没有具体的数据对比吗？"也不知道是不是在国外待久了英语说多了的缘故，艾瑞克总是会用一种反问句来结束对话。

王慧敏当时看着艾瑞克清透的眼睛里闪烁的小星星，确认了他并不是故意挑衅，只是年轻人该死的钻牛角尖罢了。但她懒得再做回答了。眼前这个看起来工作很负责对这份职业很有好奇心的艾瑞克，也是那个在地铁上对陌生乘客伸出咸猪手的斯文败类。更何况，王慧敏一向不爱怎么在意那些具体数据以及它们展现的意义，对她来说，这些都没有意义，不过是数字罢了。

问得再多，她也不知道艾瑞克问题的答案。

"去哪儿玩了？"

王慧敏正打开新闻网页，准备把在楼下便利店买来的、刚刚剥开的茶叶蛋往嘴里送，就听到了刘亚男的声音。不是什么来自主管的突然关心，不过是例行问候罢了。

假期回来以后同事们的这句问话，就和平日里的"早""拜拜"一样，像是被程序设定般的条件反射。

"嗯……就在北京呢。"王慧敏放下鸡蛋，有些恭敬地转过身，却发现刘亚男已经钻进那间红色甲虫小隔间了。从她的角度，只能看见木制衣架上挂着的米色长款风衣。

一切沉默得都恰到好处。

那部五一档的战争片票房不及预期，用影视营销圈的话术来说："有点糊。"

"你看看数据，看能不能分析出点观影趋势来，我们接下来做暑期档也好做参考。"刘亚男不动声色地布置了任务，王慧敏看了眼丁俊山空荡荡的座位，都过了打卡时间了，这位油头大叔还没有来，五一档海报错别字事件后，丁俊山整个人的气焰都低落了很多，假期里也不见他在工作群里蹦跶了。

王慧敏习惯性地打开猫眼专业版的数据库，扫着五一档档期的数字：总票房、观影人数、排片场次……每个具体数字的旁边还列有一个百分比。与这组数据相互交织的还有全网关于影片的"话题指数"，多少人看了预告片，多少人评论了，又点了"想看"，试图把影片宣发的工作和最后实际票房结合起来，大概是天底下最玄学的预测了。总会有几个煞有介事的影评号信誓旦旦说这"三亿到四点五亿"区间之类的话，对一个多亿的误差都能宽容的读者，大概也就是中国的电影观众了。总之，都是些不重要的数字，被硬生生地联系在了一起。

关掉数据库，王慧敏继续在网页上点击着那些不咸不淡的新闻，在社交平台上，一个"五一调休是在压榨劳动者吗"话题有了上万的转评数据，她一边吃着两块五温热的肉包子，一边点开网友的帖子和评论。

有愤怒，也有调侃。

"星期日的打工狗已经在工位。"王慧敏给这条点了赞。

汤汁流了出来，工位里都是猪肉的香气。王慧敏只能祈祷这个气味不会传到小隔间里。

不知道从什么时候开始，小长假和长假被赋予了"调休"。就拿五一来说，原先三天的假期延长到了五天，不过代价是在五一前后的周末，都会有一天必须要去上班。比如原本是星期日的今天。

和其他假期不同，五一劳动节是一百多年前的劳动者自己争取来的。

十九世纪末的美国，每天工作十几个小时的鞋厂工人团结了起来，集体抗议"和机器一般的工作"，在数年的罢工和游行之后，才诞生了这个属于劳动者自己的节日。

很多年以前，刚知道这个故事的时候，王慧敏就觉得，那些工人勇敢又天真。

有的时候顺从久了，就会忘记抵抗。小朋友王慧敏见过不慎被捕鼠器捉住的麻雀，起初还会挣扎几下，几分钟后就一动不动了。小麻雀不知道的是，它只需稍稍持续地试着抬起脚，就有机会逃脱。而三十三岁的王慧敏和那年的麻雀一样，淹没在星期日来上班的人流里，顺从地沉默着。

"慧敏，我发给你几个候选人的简历，整理一下打印各三份。"刘亚男从小隔间里走出来，显得很疲倦的样子，让王慧敏想到昨天在朋友圈里她和儿子一起在樱桃园里采摘的情景。大概是看到王慧敏有些意外的样子，刘亚男又补充说："接下来下半年都是大档期我们会很忙，实习生必须从暑期就进来。""艾瑞克也是实习生，他不会参与面试，所以请你打。"四目相对的时候，刘亚男流露出上司才会有的那种带着命令的语气，虽然嘴角是上扬的，眼神却很锋利，然后很快她就去往另一头洗手间的方向了。

几十张发烫的简历从打印机里迫不及待地跑出来，王慧敏熟练地把这些纸张对齐又抚平。自从有了艾瑞克，她已经有段时间没帮刘亚男打印过了。今天的打印任务本是一如既往却又被主管形容得不寻常。实习生没有资格看其他候选人的简历——因为这个潜在的原因，作为正式员工的王慧敏才又有了打印的机会。王慧敏早该意识到，无论艾瑞克多帅多有礼貌多会来事，在刘亚男眼里，他与沉默寡言的王慧敏依然有着本质的区分。小甲虫们，早就在冥冥之中被划分了等级。

　　手上的六个年轻人，最大的九九年，最小的〇二年，四女两男，有两个女生是王慧敏中传的学妹。翻着厚厚的这沓纸，王慧敏想起那个就业难的新闻，一家行业里的中腰部营销公司，实习生的岗位都如此"卷"，全是211大学，还有一个研究生。不同于当年的自己，〇〇后的年轻人已经学会了如何复盘自己二十岁的人生，把每个阶段的高光时刻恨不得都填满了简历，一个一米九的男生写自己是学生会副主席，"主持工作"的活动策划、拉过的企业赞助列了一整页纸；另一个一米八的男生在一家头部互联网影视公司的外包机构实习过，列出的"参与"作品都是几亿票房的圈内爆款。

　　王慧敏看着看着忽然扑哧一声笑了出来，做简历这件事情，汪梅和她抱怨过。她的大女儿要读小学，入学申请书里学校竟然要求家长附上自己的简历。"当头一棒""哭笑不得"汪梅在电话里吐槽得让王慧敏笑个不停，一毕业就考上了县里电力局的事业单位，从来就没有为找工作写过简历的她不得不为了孩子想尽办法给自己的履历添金。

　　"哎，你就这么一个工作经历啊？""不然呢，干一辈子呗。"电话那头的汪梅脱口而出的一辈子，让王慧敏的心沉了又沉。原本好笑的心情也没有了。

　　如今也是这般。看着后辈们密密麻麻的简历，笑过以后又没来由地伤感起来。这些努力给自己的人生添加名词标签的年轻人，等到进入流水线以后就会明白过来，自己不过是在上面拼命奔跑的小小甲虫而已，在操控机器的人眼里，没有什么差别。

一个女孩子的简历有一些不一样。

在自我介绍的部分，没有那些奖状报告式的罗列，而是让王慧敏看到了一段有趣的"小史"：

"一个普通人。一岁开口说话，三岁开始欺负邻居弟弟，五岁造了一个彩泥城堡，八岁踢毽子比赛第一名，十一岁做了一个木头小板凳，十五岁第一次亲了一个男孩，十八岁开始给自己涂眼影，二十一岁的晚上熬夜投了一百份简历。"

这个给自己造了城堡和小木凳的女孩，竟然是王慧敏中传的学妹。她把小学妹的故事小心地塞进那堆简历中间，好像生怕她过于显眼一样。

如此鲜活如此可爱的女孩，素不相识，王慧敏近乎出于本能地想要保护她，藏匿着她，甚至不愿意她成为一只平庸的小小甲虫。

大概是前一天也上班的缘故，星期一的例会草草结束后刘亚男马上喊上大家开了小组会。小小的西面会议室里，算上艾瑞克，挤了五个人：总监、高级项目经理、项目经理、项目策划、实习生。

一条完美的流水线。

本应该处于这条流水线顶端的刘亚男却在中央的位置被包围着。

王慧敏和艾瑞克都拿着电脑，敲打键盘的时候手肘不免撞到一起。这也是王慧敏讨厌夏天的原因，不经意间不必要的身体接触让她浑身不自在。意外的是，艾瑞克很自觉地把手缩了回去，两个手臂并起来像条被训斥的猎犬那样打着字，就像庭审中的书记员一样严谨。会议纪要的工作现在也由他承担，王慧敏也没有闲着，她已经习惯了记录关键词，尤其是刘亚男的关键词。

这次业务例会核心竟然是集团运动会。

刘亚男像是在复述王总在他们中高层大会上的讲话一般，一个字一个字地说得很清楚，还特意轻了轻她的烟嗓："总公司今年要举行全体员工的运动会，号召所有人参加，积极报名自己的优势项目。优秀名次都会有奖励，与年底的绩效挂钩。时间暂定九月初。"

王慧敏边听边在心里叹气"真离谱"，一边尽量假装自己在记录关键信息不与刘亚男的目光对上。这样的活动，每个小组总归都是要抓壮丁的。从小就躲避集体活动的王慧敏，是万万不会在一千多只甲虫面前进行非自愿的体育竞技表演赛的。

"大家有什么运动特长？都说一说吧。"

刘亚男显然是不想放过这个小房间内的每一个人。

"我生了孩子以后一直没有恢复，医生说不能进行剧烈运动。"在公司里，发言也是讲究等级顺序的。当这个在宣发组干了八年的陈璐把撒手锏慢悠悠地说出来之后，王慧敏不由得敬佩地看了她一眼，她也确实才坐完月子回来公司，也难怪陈璐心情不佳，回了岗位发现领导和同事都换了，心情可想而知。刘亚男的脸色也就不好看了，"小丁呢？"

轮到丁俊山了，平时总是上蹿下跳爱表现自己的丁俊山这会儿倒是不说话了，一副很难开口的样子以十分真诚的模样望着刘亚男："刘总，这种时候，我要是但凡会一点项目肯定报名，但我实在是什么都不会啊。而且我都这个年纪了，还有哮喘……"

"行了。"刘亚男极不耐烦地打断了丁俊山的表演，不过看他那个弱不禁风虚胖的样子，估计也比不出什么成绩来。

"刘总，我的网球和羽毛球都打了挺多年的，可以试试。"王慧敏没想到的是，埋头打字的艾瑞克会抢在她前面发了言。不过这种时候有人出头才是最重要的。

很显然，刘亚男的想法和王慧敏一样。

"很好，那都给你报上了！"

看来，实习生的身份也是可以随着事情的不同而变化的。有面试时，身为实习生的艾瑞克是不够资格参与讨论的；而需要派出代表参加领导重视的运动会时，实习生艾瑞克又成了最有资格的外援。

就在王慧敏以为运动会的任务算是交代完毕的时候，刘亚男却又点上了她的名字："慧敏，你也来一个吧？"

"我不会……"王慧敏这样说的时候，很没有底气，她不喜欢这样子的自己，害怕与主管锋利的眼神对视的自己。就好像这是难以启齿的事情。她没有办法像陈璐那样淡定地拒绝，也没有办法像丁俊山那样耍赖皮一般推托，她连声"不"都得小心翼翼地才得以说出口，胸口的心脏还紧张得怦怦直跳。大概就是讨好型人格吧，总是一味地在意他人而忽略自己内心的真实感受，更何谈说出来。

"你的乒乓不是挺厉害吗？"刘亚男毫不客气地打断了她的

话，"你朋友圈的封面就是啊。"

是去年过年的时候吧。王慧敏回家和妈妈一起整理旧物件，翻出了小学、初中和大学时打乒乓的奖状，还有一个旧得发紫的双喜牌球拍。她已经几年没有发朋友圈了，除了分组可见的公司广告，她从来不发自己的私生活。而那张图，她换成了封面。就算如此小心，还是被主管发现了秘密。

现在后悔当然来不及了。

王慧敏一向缺少临时应对的能力，像这种措手不及的袭击，她是招架不住的。每回和别人起了冲突之后，她都在心里懊恼，当时怎么脑子不转了怎么嘴这么笨，总是吃哑巴亏。

"嗯，太久没打了……"想了半晌，王慧敏也只能憋出这么半句话来。

"那就这么定了。运动会很重要，总公司的老板们都很重视。"刘亚男就是这样的性格，一旦她自己认定了，除非是地动山摇或者她的老板——王总下命令，不然没人能改变。

艾瑞克看向了王慧敏，给了她一个肯定的微笑眼神。

尽管知道那个微笑是善意的，王慧敏却仿佛受了屈辱一般，比刘亚男指定她去打乒乓球这件事本身还让她难堪。

〇〇年的实习生试图安慰九〇年的老员工，听起来就很悲惨。王慧敏也是长到了三十岁之后才明白，人的能力和阅历不是随着时间就正向增长的，她越来越感到比她小三岁五岁甚至八九岁的同事和学弟学妹都比她活得明白。什么时候要入党、什么时候要相亲、什么时候要孩子、什么时候得买房……人生的规划就和国家的政策制定一样同步前进，不像自己，什么都不求，什么都不图，只会原地踏步。

　　接下来一周，王慧敏最重要的工作就是协助刘亚男面试实习生。人事经理的安排是一天两位候选人，第一次面试的前一天刘亚男特意在下班前提醒王慧敏："明天穿得正式一些。"

　　王慧敏低头看了看自己，优衣库的白色短袖、优衣库的水蓝色牛仔裤、匡威的白色帆布鞋，还有头顶上的灰色鸭舌帽，看着就像不怎么打扮的穷学生。刘亚男的高跟鞋声渐渐消失在走廊里，王慧敏盯着自己很久没有清洗的帆布鞋发着呆。

　　第二天的地铁里，王慧敏躲在竹叶青的尾巴上，感觉就像一只被吞进蛇腹里的小乌鸦，浑身都是黑的：晚上洗好的头发，三年前打折时买的黑色轻薄的 MANGO 夏季西装外套，同样是换季时买的 ZARA 黑色涤纶西装便裤，里面是黑色的优衣库短袖，脚上是一双黑色小牛皮平底鞋。在家翻了一晚上衣橱，她找到了三年前来这家公司面试时的装备。外套和西便裤因为长久被搁置拿出来的时候还有股皱巴巴的霉味。挤在上班的战士之中，王慧敏比任何一天都害怕与人肉搏，或是被人踩到脚，她几乎是把自己像刺猬一样缩成一团然后幽怨地默默数着一站又一站过去。

　　到公司那一站的时候，下了车的王慧敏挥了挥险些被挤掉的翅膀，整理好有了褶子的羽毛，准备开始这场不得不面对的飞行。

　　"哟，今天是修女啊。"在写字楼一楼等电梯时，小乌鸦耳边传来了她最不愿意听到的声音。

　　是张畅，提着一个黑色 Gucci logo 男式公文包，扶着金丝框眼镜上下打量着她。

　　他已经近乎贴着肩膀站在了王慧敏旁边，她没有办法假装听不到和看不见，只能发出像乌鸦受伤后一样的声音："畅总好，今天有面试。"

　　张畅没有说话，而是用眼睛旁若无人、意犹未尽地看着这只受伤的小乌鸦。出门之前，王慧敏想起刘亚男的嘱咐，还特意涂了快要干掉的粉底液和粉色唇彩，这些本是她想要在参与面试时展现职业性的装扮，却在等电梯的工夫里被臭甲虫肆无忌惮地审视着。

　　"哟，今天还化妆了。"

　　电梯开门的声音让王慧敏近乎舒了一口气，可张畅也跟着她走了进去，不大的封闭空间里几乎被甲虫们都占满，张畅就站在王慧敏的左后方。没有人说话，所有甲虫都像是在心里默数着。王慧敏感觉到张畅厚重的呼吸声，他长年有鼻窦炎，现在又是春夏之交。她抬起头看着显示屏上的数字一点点上升，脑海里却不断浮现张畅泛着油光的后脑勺，屏住呼吸生怕一不留神就闻到他的口臭，几乎恶心得想要吐出来。

　　"叮"，十九楼终于到了。

　　王慧敏逃也似的往外走，跨出电梯门后听到合上的声音，一阵带着臭味的热气流从耳边飘过："很香啊。"

　　她像一只羞愤的小乌鸦，只能眼睁睁看着张畅从身边大步离去。正要和他们打招呼的艾瑞克似乎也被她的外表惊诧到了，"你还好吧？"

　　又是落荒而逃。

　　迎面差点儿撞上去打热水的刘亚男，穿着白色职业套装的她倒是被一身黑色的下属笑到了："很正式啊。"她拍了拍王慧敏的肩，踩着裸色漆皮中跟鞋往西面走去了。

王慧敏在工位上打开帆布袋，却发现在楼下便利店里买的茶叶蛋和肉包子都被挤得变了形。人事经理从钉钉上发来消息，让她一起帮着布置面试的会议室，日程表上显示，上午的两场面试从十点开始，分别是一米八的大片外包男生和自己做木凳子的学妹。

评委席是一张胡桃木的长桌，王慧敏进去的时候人事经理正在摆放表格签字笔一类的东西，头也不抬地就让她先去搬椅子："在储藏室里，你可以叫艾瑞克也帮下忙。我和他提过。"

要不是储藏间必须会穿过前台，王慧敏断然也不想找艾瑞克，从地铁里开始，她就觉得今天的自己很狼狈。艾瑞克主动叫住了她，他很绅士地一个人抱起了五把椅子，王慧敏只需要推着两把就行了。

艾瑞克也不说话，两个人保持着沉默的默契，都在各自使着力气。

王慧敏满脑子想的是接下来的面试，她第一次当所谓的评委，毫无经验，又装在这不合身的服装里，很自然地焦虑起来。早上电梯里的遭遇让她依然没缓过神来，再加上艾瑞克在地铁的"前史"，她整个人都紧绷着。

"嗯……谢谢。"唯一庆幸的是，公司不大，这段搬运的路程并不遥远，到达会议室之后，艾瑞克也知趣地退了出去。

给长桌那头五位评委坐的是有厚网靠垫的可升降椅子，而在距离胡桃木长桌大概两米的地方，王慧敏在人事经理的指挥下把一张木头椅子摆放好。房间里还没有开灯，空空荡荡的像座废墟，她站在木头椅子的角度，看着长椅那侧的灰色椅子，还有椅子们面前整齐的白色纸张，远处，是一眼望到头的暗色墙壁。

来面试的年轻人们以为自己即将进入全新的世界，其实不过是另一个尽头罢了。她有些发怔，不自觉地在木头椅子上坐下，直到日程提醒振动起来。

王慧敏把灯一一打开，房间里的一切都带着一种不真实的白色光亮。

人事经理把一米八的候选人领了进来，同时让她去催促主管们到位。

刘亚男似乎故意在拖延时间，王慧敏跟着她先去了茶水间续上红茶，才进入了会议室。人事总监和张畅正在长桌前谦让着最中间的座位，候选人擦得发亮的皮鞋紧贴着木头椅子，穿着西装的后背挺得笔直，突然站起来向刘亚男和王慧敏鞠了躬："领导好。"

两人都被这一举动吓了一跳，最终张畅坐在了正中间，还擤了擤鼻子，装作没看见她俩；左侧的人事总监脸上挂着皮笑肉不笑的表情招呼着刘亚男。等刘亚男坐下后，人事经理和王慧敏才在各自主管的旁边轻轻放下了屁股。

这是王慧敏第一次坐在这个角度看着那张木头椅子上肉眼可见紧张的年轻人。

一直以来，她只是被人面试，被人挑选，被人审视。而现在，她面前有一份简历、一张表格和一支笔。白炽灯下，她有了一种掌握某种权力的奇妙感觉。

"先来自我介绍吧。"张畅声音里流露出不经意的怠慢是如此游刃有余。

原来就是这种感觉。

一米八男生不像他在简历里写的那样参与过很多大项目见过很多大世面的样子，说话磕磕巴巴的，一直在用右手抠着左手背。

"差不多了，说说具体项目里你做了什么。"

原来就是这种感觉。

看着甲虫们为了求生而挣扎，然后可以肆意打断，左手刷着手机，右手在表格上涂涂画画草率地作出判决。

王慧敏的肚子越来越难受，可能是冷气太凉的缘故，也可能是正在进行的面试让她反胃。

终于到了求职者反向提问的环节，一米八男生已经大汗淋漓。他迟疑了一下，还是有些不好意思地询问这份实习是否有补贴。

"嗯，很实际的问题。"张畅先看向人事总监使了个眼色，又看向刘亚男，好像这才是她们负责的问题。

人事经理送一米八出门之后，张畅和人事总监聊了起来。

"所以实习生是都有补贴的？"

"男实习生假如有要求，我们都会象征性给五百、八百餐补交通费之类的。""一般女实习生都不好意思问，不问我们就也不提了。""而且女员工本来一个月就有几天工作效率特别低，这样也算是扯平了。"

王慧敏竖起耳朵听着，十分震惊。

"员工男女有别，实习生也是噢。"刘亚男显然在借机表达自己的不满。所以，这些高管甲虫，都对公司内男女同事薪资待遇的差异心知肚明吗？

王慧敏在表格上重重地画了一下。

人事总监一阵有些尴尬地笑笑："男同事出差多嘛。"她好像才发现王慧敏还在会议室内，马上喊她去让下一个准备好。似乎面试后的这段谈话，实在是她不应该听到的。

脑子里都是"男女有别"，她饿得肚子咕咕叫，却还存有愤怒的力气。

那些丁俊山甩脏活儿给她干，她在加班丁俊山却在群里邀功的过往一幕幕浮了上来。退一万步说，丁俊山就算长她几岁，但总归还是一个名不见经传的本科野鸡大学生，年纪大了就该因为资历老比实际干活儿的人拿更多薪水吗？她不是那种斤斤计较的人，但要说薪资的差异原因来自女性的性别身份，自己不争不抢就产生了天然的差距，她突然有种卡在喉咙里一样的让人难受的失望。

很长时间以来，她以为自己连失望的情绪都不会有了。

中考那年爸妈离婚，大二那年前男友要和她分手，上家网媒给她穿小鞋的主任，还有现在时不时性骚扰女同事的张畅……

她都接受了，忍受了，尝试着逃离了。

她以为只要回避具体的人和事，自己依然能够过着最平凡的日子。

可是社会的不公平，却远比她想象的还要糟糕。不管怎么说，薪资的事情，必须要问问刘亚男……

"小姐姐，你好？"

一双温热又柔软的手扶住了王慧敏："小姐姐，没事吧？"

好透彻的眼睛啊。白色衬衫搭配深色牛仔裤和帆布鞋，是那个自己做木板凳的女孩。

"没事了，没吃早饭，低血糖。"王慧敏很快让自己进入了运转的工作状态，"稍等，马上轮到你了。"

"青春四射啊。"木板凳女孩还未在木头椅子上坐稳，王慧敏就听到了张畅油里油气的发言，她不由自主地朝他的方向瞪去，张畅却一直盯着女孩看，刘亚男用眼神示意王慧敏赶紧坐下。

女孩儿比王慧敏想象中还要伶俐，对答流畅又自信，遇上不懂的专业问题也会直接说不了解但可以学，不像上个一米八男生那样支支吾吾想着临场瞎编。这样的候选人，一定会录取吧！王慧敏还在心里祈祷着她会在最后也问起实习补贴的事情。可没想到她的问题竟然是："不会加班吧？"

一个让全场人都不自觉地笑了起来的问题。

人事总监给到的标准回答是："只要按时完成公司交代的工作就不会加班。"

"宣发的工作，是跟着项目走的。一时忙，一时闲。"刘亚男显然也有些喜欢这个女孩。

接下来张畅的反应则是让王慧敏再次作呕。

"你有男朋友吗？"

"嗯？"女孩确认了一遍问题，"这和应聘有什么关系吗？"

撑得好。王慧敏简直想给眼前这个眼睛里有光的女孩儿竖起大拇指了。

"如果真的需要加班，下班晚了，让你男朋友来接。"张畅大笔一挥，像职场上很多不清楚边界的中年男领导一样指点着初次见面的异性下属的生活。

两场面试都比约定时间要久，回到西边的工位，刘亚男主动和王慧敏聊起候选人，"现在年轻人都很优秀啊，工作越来越不好找了"，她像是安慰王慧敏似的，拍了拍她的肩膀，"像我们这样三十多、四十多的女人，得好好珍惜工作啊。"

王慧敏听得很不是滋味。主管的这番话，显然有敲打她的意味，把她跑到嘴边的疑问给塞了回去。这样的气氛下，她再追问男女员工薪资不同的问题，显然是不合适的。

"对了，你乒乓球开始练了吗？我告诉你啊，这可是大事，我都打听过了，集团高层里有女领导很喜欢乒乓球。这可是难得的表现机会。"

刘亚男总是会挑小组工位上只剩下她们两人时，对王慧敏说一些看似鼓励的话，有时候她说话时偶尔透露出的河南口音和质朴的眼神，让王慧敏都觉得那份劝解说辞里可能的确带着几分真诚。不过每次当她转述给汪梅的时候，女侠总是露出一副在体制内混久了之后的一针见血："让驴拉磨，总得给根胡萝卜吧。"

比跑步还要孤独的运动是什么呢？

一个人对墙练习乒乓球吧。

王慧敏穿成乌鸦的那天，在小区电梯里看到了偶像邓亚萍的奶粉广告。年逾五十的她烫着精神的短发，很像一个意气风发的成功企业家。海报上无须再拿着球拍了，她的名字已成了金字招牌。

当晚，王慧敏在网上下单了新球拍。

　　写字楼的顶楼，是一家健身房。刘亚男向行政申请了一张季度卡，足够王慧敏和艾瑞克在运动会之前使用了。

　　王慧敏看着更衣室里穿着运动短袖套装的自己，面部灰暗松弛毫无神采，大腿上都是赘肉，胳膊下面还有蝴蝶袖，都是长久没有运动的痕迹，与乒乓健将的形象相差十万八千里。手上的球拍还带着未撕去的薄膜，有一股塑胶的味道。

　　乒乓球桌在健身房的最西侧，与羽毛球场地隔着一块落地玻璃窗。一窗之隔，外面是挥汗如雨，热闹非凡，里面却是手指能抹出灰的深绿色球桌。

　　颠球、发球、弹击……

　　她深深吸了一口气，开始了和新球拍的旅程。

　　乒乓球砸在桌上的声音很清脆，砸在墙上却是闷闷的。这是慧敏从小就发现的事情，两种声音她都喜欢。人生不只有很高的弹球，还有数不尽的接不住的球会落在地上。

　　哐哐哐哐……

　　这个球没接住，王慧敏顺着乒乓球的方向弯着腰去追球，落到了门口一双球鞋的脚下。

　　"打扰你了……我在外面练球，好像看到你了，打个招呼……"

　　一身白色运动装的艾瑞克头发湿湿的，流下的汗把他的手臂肌肉衬托得更平滑了。王慧敏立马捡了球站了起来，想到自己现在脑门上粘着头发，汗津津又狼狈的样子，只想赶紧逃走。

　　"要水吗？"艾瑞克往这个区域看了看。

　　"不用。"

"乒乓这种有氧运动可能也需要加强体力训练，比如每天跑个十公里，增强心肌指数，能帮助你更好地表现……"

气喘吁吁双腿已经练到发软的王慧敏实在听不得这些"健身数据指南"，她只想安静地和自己较劲。摆了摆手，再回到球桌边时，她感到自己满脸发烫，浑身也都红红的，止不住地喘气。一过三十岁，不仅皮肤开始变得粗糙，连体力都下降得厉害。她望着外面艾瑞克和人对打时跳跃得很高，年轻真好啊。

离开时，她发现门口的球桌上放着一瓶运动饮料，常温的。

王慧敏对于夏天的感情很复杂，讨厌流汗，但又迷恋巧克力冰淇淋的味道。

走出写字楼，迎面而来的是夏夜里暧昧的风，吹得人心痒痒的。她一路小跑，进了那家便利店，新一季的棒冰已经在两个大冰柜里陈列好。哈密瓜味的、奶茶味的，还有螺蛳粉味儿的……连冰淇淋的赛道都越来越"卷"了，传统口味的巧克力冰淇淋也只有王慧敏这样恋旧的人才会欢喜吧。

早上的便利店用豆浆包子和茶叶蛋开启王慧敏的一天，而晚上的便利店则是空荡荡的默默等待加班人的地方。

这个时间点的便利店只剩下她和一个替换新鲜牛奶、吐司和三明治的店员，王慧敏站在长条餐桌前，尽情享受黑巧克力融化在牛奶里的香甜，凝望着窗外夜色里匆匆而过的打工人，白衬衫、白短袖、黑西装，甲虫们有自己不同的盔甲，在完成了一天的工作之后迫不及待地前往家的方向。三环上，车辆川流不息，比路灯跑得快多了。

一个运动男孩提着一个球拍和头盔从眼前经过。王慧敏下意识地举着冰淇淋蹲了下来，是艾瑞克！

她马上又站了起来，察觉到自己可笑的行为。

为什么要躲着他呢？

少年的背影很快消失在了夜灯下，重叠着落地玻璃里映照着的王慧敏。

五月又要过去一半了。

对于王慧敏来说，五月天里那种初夏爆发出来的蠢蠢欲动的温度，都和青涩的初恋回忆相关。那年她是大一下学期，只见过两次的大三学长突然在一个晚自习之后弹着吉他在女生宿舍楼下唱歌，是 S.H.E 的那首《五月的天》。很老套的桥段，当时二十岁的王慧敏却无力招架，她从来都以为自己是丑小鸭，没想到丑小鸭也可以拥有爱情。更重要的是，背着父母在三百公里之外的外省杭州谈恋爱，她生出了一丝叛逆的自由。

可是学长终究不是童话里的王子，还没有感受到爱情的快乐，王慧敏就发现自己被约束了：不能再和其他男同学讨论、吃饭、发短信，下馆子时只点他爱吃的菜，他还总让王慧敏帮他赶作业写拉片报告……诸如此类的烦人小事萦绕了她半年，终于在圣诞夜爆发所有的矛盾。王慧敏不想在校外住宿过夜，突然暴怒的学长把平安果狠狠砸在地上，撇下惊慌失措的王慧敏扬长而去。再相逢时，王慧敏看到学长身边搂了一个其他系的学妹。

初恋总是痛苦的。舍友们如此安慰她，却止不住王慧敏的眼泪。

她都不记得自己哭了几个晚上，反正不能在宿舍，觉得失恋是丢人的事情，只能在深夜的走廊尽头打电话给在安徽老家上学的汪梅。女侠整宿地陪着她，她们一会儿骂渣男学长，一会儿憧憬更好的爱情，一会儿一起怀念小时候。

现在想起来，初恋留给她的印象只剩下初夏的懵懂和冬夜的离开，她更想念的，反而是和汪梅煲电话粥的那些夜晚。自从她小儿子出生，两人联系得更少了。

十几年过去了，曾经宣称"让男人们都滚蛋"的女侠已经是两个孩子的妈妈，半个全职主妇，辅佐老公的贤惠老婆，在老家县城过着安稳的生活，再也不提年轻时要环游全世界的梦想了。而三十三岁的王慧敏，则在北京的朝阳区上班，用下班时间苦练乒乓球，再乘坐一个小时的地铁回到通州五环外空无一人的家里。

家门口的墙上像是用粉笔画上了两个圈叉的记号，看着相当可疑，王慧敏记起来那些"独居女性安全帖"里的警示，坏人会潜入小区"踩点"。一直忙着公司的事情，她还没有选好合适的电子猫眼，看来是要提上日程了。

第二天一大早，刘亚男就急匆匆地拿着六份表格放到王慧敏面前："你觉得哪个候选人合适？"

实习生招聘的事情因为人事总监的临时休假耽误了，要尽快定下来才行。王慧敏如实说了自己的感受，木凳子学妹的机敏，另一个学市场营销的女孩也很有潜力。

"哎，但是 HR 说只招男生。"

"只招男生？"王慧敏嘴上只回了四个字，心里却是一连串的质疑：只要男生的话，为什么还要通知其他四个女生大热天跑来面试？只要男生的话，为什么还要男女实习生区分对待？

"艾瑞克表现不错，再加上公司女生本来就多。"

"可那两个男生，虽然从简历上看是不错，面试时候的表现都很一般。"

"我也知道啊，但虽然是我们组需要人，还是得符合 HR 那边的条件……我明白你的意思了，只是给你打个预防针。我也觉得那个女孩子不错。"

王慧敏想起了那天木凳子学妹扶起她时手指的温度，还有她猫一样灵动又警觉的大眼睛。或许再也见不到了吧。

主管又如何呢？红色甲虫连一个实习生都没法自己做主，王慧敏像是在叹息刘亚男的息事宁人，也像是在感叹自己的卑微。就连为一个学妹争取实习机会的勇气都没有。那一刻，她在心里责怪自己的无能。

事情的转机来得却很突然。

临下班前，刘亚男说有两个消息，一个好消息，一个坏消息。

"坏消息吧。"

"还是先说好消息。实习生最后敲定了，是你的那个学妹。总之，下个月起我们就多了个帮手。不过，你别和她提实习补贴的事情，HR 并没有安排这个选项。""坏消息——晚上有饭局，行业第三的公司，他们在国庆和春节档都有大片要上，小丁出差了，陈璐要回家喂奶，我只有你了。"

王慧敏一时不知道该开心还是苦恼，她想问个"为什么"，却也明白自己的身份不方便知道。

那天晚上从饭店里出来，虽然再三推辞，醉醺醺的刘亚男还是帮她打了车："你家这地址……都快到通州了啊。好好努力吧！"她在网约车的后座和主管道别，看着她提着一只高跟鞋隔着玻璃窗在打电话，头发也乱了。

那晚刘亚男喝多了，王慧敏了解到很多事。

比如最后没要那两个男生是因为他们纷纷有了更好的 offer，一米九的副主席去了大视频平台实习，一米八的去了影视公司，再加上张畅给学妹也打了很高的分，总之，至少结果是她们所期望的。又比如，饭局上对方的制片人一直想灌王慧敏酒，都被刘亚男挡了回去，"我们家小姑娘酒精过敏"。又比如，目送完那群人后刘亚男半醉半醒地谩骂着"那群男人，手里有点权力，就想着占便宜……"那个时候的刘亚男，虽然还穿着职业装，却已经仿佛卸下了所有的伪装。

车沿着长安街一直开，路过金碧辉煌的天安门，晚归的游客还在互相摆着姿势拍照。和小学生王慧敏在电视机前看到的一样。

司机打开了车窗，五月的晚风狂奔而来，闷热又残忍。

王慧敏闻到肩头有股刘亚男玫瑰香水的气味，带着辣意，还留有她的粉底印。

六月（上）

二十岁的勇敢

当刘亚男在小组例会上宣布把父亲节档期的电影交给王慧敏来牵头时，她是惊讶的。这是她第一次做项目负责人。"艾瑞克可以协助你，还有六月初马上就入职的雪子。"

程林雪子是做木头板凳的小学妹的大名。雪子，听起来就和冬天的京都一样清冷美丽。"你的爸妈一定很相爱吧，才会把姓氏放在宝贝女儿的名字里。"

"哦，我想他们只是争执不下……"面对同事的善意猜测，雪子总是会蹦出出乎意料的答案，然后在众人的惊诧中摆出很捣蛋的表情，"我瞎说的啦！"

相处之后，王慧敏发现自己内心深处越来越喜欢这个女孩，这种带着羡慕的喜欢，有时候都会令她自己吓一跳。

雪子的性格是如此直接。

一开始，王慧敏还因为这份直肠子感到尴尬不适。早上来上班的时候，雪子会很认真地盯着她说："姐姐，你没有睡好吗？黑眼圈很重啊。"又或者是："姐姐，你看着可真小，真的有三十了吗？"习惯了之后，王慧敏完全明白了〇〇后少女雪子的真性

情。她还会在女同事们都在茶水间聚集时当着所有人的面皱着
眉头表演张畅在面试时的油腻言行："他就摸了摸自己的小胡子，
挺得意的样子，几根头发湿答答地挂在头顶上，眯起眼睛来当着
几个面试官的面问我：'你有男朋友吗？'每次看到我，都要踮
着脚尖，凑上来，'小美女''小美女'地喊，而且，他身上怎么
老是那么臭啊……"雪子模仿张畅那种有些拖拉的声调，惟妙惟
肖，惹得同事们都互相使着眼色捂着嘴笑。

不过，让王慧敏解气的，还是雪子当面撑了丁俊山。

那天，王慧敏、艾瑞克、雪子三个人在为父亲节的电影做最
后的社交媒体预案，关于抓住"泪点"还是"代际矛盾"，两个
年轻的实习生各执一词，越吵越大声。王慧敏还是第一次看到艾
瑞克也红了脖子："我们要向观众传达这部电影的意义……比如
结尾父女的和解。"

"得了吧，要不是父亲'发疯'，哪儿来的所谓'和解'，这
不是亲情片，简直就是惊悚片。现在观众都是来电影院里休息的，
不是来感受意义的！"两双闪闪发亮的眼睛同时放箭，在十九楼
的西面互不相让。

正好丁俊山和陈璐从另一个项目里开完会回来，撞见吵吵闹
闹的他们，劈头盖脸就是一顿讽刺："哟，这么小档期，这么激
动？也难怪，慧敏你第一次牵头做项目。慧敏啊，你的小实习生
可真是较真儿。"

"小档期"被丁俊山故意加重了尾音，王慧敏正被这记闷棍
打得不知如何招架，替她出手的是嘴比脑子还快的雪子："小丁
哥，我们实习生，每一个项目都很认真的。从海报文案到营销话

题，必须精确到每一个字。"她也学着丁俊山把那些带着阴阳怪气含义的词语说重了，比如"实习生"，比如"海报文案""每一个字"。

丁俊山的表情就像看到自己被戴了绿帽子一样阴沉。

艾瑞克略带心虚地看了一眼王慧敏，丁俊山把海报弄出错别字的事儿，肯定是他告诉雪子的。

"现在的年轻人，真了不起啊。"

丁俊山摸了摸自己的油亮大脑门，说起话来老气横秋的，他大概是在模仿公司那些中年男领导的语气，既有张畅的张狂，也有王总的漫不经心。他重重放下材料，顺着转椅背过身去。

终于有人能治治这个家伙了。迟到早退，整天摸鱼，抱怨客户，说大话，拍老板马屁，还总给我丢活……

王慧敏都要烦死这个同组的男同事了，干啥啥不行，偷懒、甩锅、抢功劳倒是样样行。这样让丁俊山气得拿背部示人的话，除了雪子，这家公司大概没有第二个人会说。同事嘛，本来就是一群表面和气背地里钩心斗角又嚼舌根的怪物。这本是职场守则，可雪子却好像满不在乎。

王慧敏憋着笑，和艾瑞克一起同时给雪子竖起了大拇指。

话说回来，这三个人也不是一开始就这么默契的。第一次碰头会，王慧敏就被两个〇〇后整得心情低落。

"父亲节"这三个字，对王慧敏来说，不是温暖，而是冰冷。

她的爸爸甚至不像电影里的那般专横，而是冷淡。

六年级的父亲节，王慧敏参加完乒乓球赛后一路小跑着回家，气喘吁吁地把第一名的奖状拿到爸爸面前，他却盯着自己炒股的电脑，看都不看小慧敏一眼。"去去去，我正忙呢。"小慧敏把奖状死死攥在手里，被妈妈拉出了房间，"别添乱了。"爸爸妈妈都不知道的是，奖状下面，还有一张她自己花了半天时间制作的卡片，上面画着他们一家人在太阳底下手牵手的样子。旁边还有一只小猫。

爸爸或许永远不会知道，那是小慧敏最后一次对父爱亲情的试探和忍耐。

从小，她就感到妈妈对自己的爱是爸爸的几百几千倍，就像外婆对自己的爱比奶奶多得多。她还以为是自己不够可爱，不够漂亮，不够听话，成绩也不够好。她闷头写作业，努力练乒乓球，学着自己扎小辫子，可依然无法唤起爸爸对自己的关注。

直到中考那年，爸妈在长期的冷战和争吵之后离了婚，年底就有了小弟弟。她永远不会忘记那年的春节，她和妈妈吃过年夜饭后去奶奶家拜年，遇见爸爸新的一家人。柔软的弟弟被奶奶小心翼翼地抱在怀里，满眼都是欢喜，爷爷在旁边一直盯着他，喊着："我的小孙子哟。"没有人招呼她们母女俩。

受了刺激的妈妈从此像变了一个人，不断地找理由责怪慧敏："你怎么就是个女儿呢？你要是个儿子，我和你爸就不会离婚了，也不会有那个狐狸精什么事……"

没有责怪那个阿姨，没有责怪爷爷奶奶，没有责怪罪魁祸首爸爸，妈妈只能对慧敏撒气。原本就对王慧敏漠不关心的爸爸，在有了新家庭之后，更是完全在她的生活里消失了。除了每年年初发一次的生活费和春节拜年，王慧敏几乎感知不到爸爸的存在。

可即使是有这样爸爸的王慧敏，在看了电影样片之后，依然泪如雨下。

"要不，我们先来聊聊自己对父亲的感受？"那天在昏暗的看片室里，面对动情的王慧敏和艾瑞克，雪子率先打破了沉默。

"我爸，一个搞天体物理的书呆子，研究了一辈子，在美国读博士的时候认识了我妈，一个梦想着维护世界正义的法学院女疯子。但是我几乎是被散养长大的。他们都太忙了，我是爷爷奶奶带大的。我爸对我展现父爱的方式就是买书——还是那些我看不懂的书。还有买裙子——从小到大有数不清的公主裙，我都怀疑他是不是自己心里住了一个小公主。其实他根本不了解我，我小学的时候就自己买牛仔裤了，都什么年代了，谁还想当公主呢？"

王慧敏想过，如此直爽的雪子应该是长在爱和包容里的，没想到父母都还是教授级别的知识分子，当然，还有很爱她的爸爸。

"我们家，都是我爸在管我。我妈经商，事业比较忙，有几家公司要管理，我爸就成了很多人家里妈妈的角色。监督写作业、带我去上补习班，研究做好吃的给我吃……反正都是他做的，当然他和妈妈唯一的一致性就是希望我——变成很有用的人吧。"

"家庭主父啊！够新潮的。姐姐你呢？"

雪子和艾瑞克永远不会明白，王慧敏是有多羡慕他们。无论是买公主裙的爸爸，还是望子成龙的爸爸。无论孩子是男孩还是女孩，都会爱着他们的爸爸。

在看片室的沉默里，王慧敏犹豫着。面对同事的时候，她是把自己包裹起来的，她认为这是保护自己的方式，也是职场的规矩。"不要对任何一个同事敞开心扉，否则死了都不知道是谁卖了你。"任何一个同事，也包括实习生吧。何况是看起来口无遮拦性格无比直接的雪子，还有"有黑历史"的艾瑞克。

"嗯，我爸爸，就是一个普通人，一个小县城的公务员。没有什么特别的。"说出这样的信息，似乎已经是王慧敏的极限了。

"就这样吗？"

"就这些了。"

"什么嘛！""不公平！""说好了要掏心掏肺挖掘自己的情绪找营销爆点的！"

两个年轻人露出惋惜的眼神，不过艾瑞克似乎有些心疼慧敏。慧敏总觉得，他看似涉世未深的眼睛里，藏着深不可测的过去和忧郁。

有一段时间没有打语音电话烦王慧敏的妈妈在那天晚上来电了。

接起来的那瞬间，听到她带着怨气的声音，一定又是买菜的时候偶遇前夫了。

"看着他带着那个高中生儿子，买甲鱼补身体，我就火大……你中考高考的时候，他尽过什么义务啊？！"

王慧敏把手机放在微波炉上，开启了闭麦模式，一边洗着白菜准备晚餐的炒年糕，一边听着妈妈发泄着自己的不满。离婚快二十年之后，依然在为前夫动气的女人，她以为才是最可怜的。

在父亲节档期方案汇报会之前，雪子从前台的实习生桌子跑来西面找王慧敏："姐姐，一会儿汇报的时候，我可以来补充说新媒体话题的部分吗？具体思路我应该更清楚些。"

原来，在工作里的主动表现是如此自然、大大方方的事情。

雪子的眼睛里不含杂质，把自己的欲求坦陈得明明白白。王慧敏当然不会说不。

不过让大家都没想到的是，这次简单的汇报会给所有人都带来麻烦。

PPT 刚开始播放的时候，张畅就打断了王慧敏的演示。

"你们的核心宣发口号是什么？"

"就是这一页上显示的，张总。"

"你不读一下吗？"

王慧敏右手点击着控制 PPT 的鼠标，左手在桌子底下死死抠着自己的手心。和这个恶心的媒介总监开过这么多次会，她怎么可能会不清楚他的那点小心思？

艾瑞克也看出来了，他着急地想站起来，救出困境中的王慧敏。

刘亚男似乎也准备出手，她示意王慧敏继续讲。

最沉不住气的是雪子。

"张总，要不您来读一下？"

张畅愣住了，他显然没有想到这个不知道从哪里冒出来的黄毛丫头实习生会来拆他的台。不过他很快注意到是那个面试时就让人留意的大眼睛小美女，于是就像夏天午后瞬息万变的天气一样，他愠怒的脸马上挤成了一团，眼睛眯成了一条线，带着不怀好意的笑看着雪子说："小美女，很有个性。"

"我叫程林雪子。"

"慧敏，你继续吧。"这种时刻，还得是职场老鸟刘亚男出来迅速推进程，把任何不必要的摩擦降到最低。

王慧敏翻过了写着"爸爸，我们一起去看电影吧"的那一页，突发的情况确实也让不怎么演讲的她有些乱了阵脚，不过好在只是读错了几个字的翘舌音。

"接下来新媒体的部分，由雪子来为大家详细介绍。"

王慧敏说完，全场出现了几秒钟的停顿，安静得吓人。刘亚男的脸上是不解和不满，张畅的脸上是饶有兴致，艾瑞克是一副庆幸慧敏终于完成了自己那部分的表情，丁俊山是藏不住的不屑，陈璐则是满不在乎。

雪子说得不错，思路清晰，吐字清楚，也非常自信。只是，对公司各部门运作不了解的她不小心踩中了张畅的命门。

一阵有力又突兀的掌声响起。张畅边鼓着掌边看着全会议室的人说："宣发组厉害啊！随便一个实习生小妹妹都可以直接点名要我们媒介组的资源。刘总，你真是强将手底下无弱兵啊！"

王慧敏看到对面的丁俊山毫不掩饰地露出了幸灾乐祸的表情，看戏似的以挑衅的目光看向了自己。张畅说完这番话之后，则是肆无忌惮地盯着雪子，仿佛要把她身上的衣服用目光一点点扒掉。

怎么办？怎么办？怎么办？

王慧敏哀叹自己的无能和懦弱，不仅保护不了自己，连带着二十岁的雪子都要被欺负。

"畅总。"三个声音几乎是同一时间发出了。刘亚男、王慧敏、雪子，三个人面面相觑。刘亚男狠狠地给两个后辈使了眼色。

"畅总，宣发小组的工作启动不久，很多流程都还在磨合。开会就是想请媒介组也给渠道提提意见。"

王慧敏看到了雪子眼睛里的不服气，她无能为力。主管已经出来打圆场了，她们这些策划、经理、实习生，还有说话的份儿吗？这个在公司里服软给对手台阶的主管，在和客户的饭局之后又是那么咬牙切齿，哪个才是真实的她呢？又或者，红色甲虫为了生存下去，本来就有几张面孔？

"既然刘总这么说了，那我就也来提提建议。意见不敢当。"

原本是第一次主负责的项目，没想到开头就这么糟糕。王慧敏从会议室出来，感觉自己是罐头里那颗过期的黄桃，有气无力。

刘亚男走过她身边，扔下一句话："下班后留一下。"

在大档期到来之前，这家公司的人都是踩着点打完卡就下班的。五点半以后，是一个个互道再见的声音，不到六点，十九楼的另一侧就黑了，只剩下西面的宣发组还亮着灯。

王慧敏坐在工位上，安静得几乎都能听见隔间里刘亚男的呼吸声。

"慧敏。"

"好的。"

这是"搬家"之后，王慧敏第一次正式走进主管的这片小天地。她竟然在窗边摆着一盆黄色的郁金香，看起来美丽又脆弱。写字台上立着三个泡泡玛特的娃娃，刘亚男注意到了她的视线，"哦，儿子给我抓的。"

刘亚男长叹了一口气，用意味深长的眼神看着慧敏，同时用语重心长的口气对着她说："父亲节的项目是我给你机会，展示自己，也是小小考验你。实习生就是实习生，你要承担自己的责任。"

谈话的最后，刘亚男留给她一句话。

"要有狼性啊！慧敏。"

"狼性？"慧敏想，哪匹狼会每天挤着地铁上班，刷脸打卡，复印打印，兢兢业业，毫无脾气的？要是狼，早就扑上来厮杀个你死我活了。要是狼，公司早就血流成河了。所谓的狼性，不过是公司想要员工们互相"内卷"冲业绩，所谓的狼性，不过是放弃人性中的真善美而一味追求吃肉——结果！只要结果，不管过程的残忍和肮脏。

我要是狼……王慧敏看着地铁呼啸而过时闪过的国家地理的广告，是一片佳能相机拍摄的非洲草原。

地铁里的草原，写字楼里的狼。想要自由的灵魂往往会被永远束缚在宝塔之下，动弹不得。

可我本来就不是狼，我只是一只挣扎着活着的甲虫。晚间的竹叶青号到四惠东的时候，王慧敏靠在冰凉的尾巴上这样想着。

还没有被封印的，是二十岁的雪子。

十九楼的电梯门一打开，王慧敏就看到了两个大楼的保安，公司玻璃大门敞开着，里面闹哄哄的。她听到了雪子清脆的谩骂声。

"性骚扰的老垃圾，我划你车怎么了！"

"你、你别血口喷人。"

王慧敏走到门口，看到前台已经围了几个早到的同事，满脸看热闹的表情。

雪子和张畅相隔一米，雪子被人拉着。艾瑞克在一旁替她挡着似乎更气势汹汹的张畅，那副样子，就像在说"不知好歹"。

王慧敏的出现，马上聚集了所有人的目光。

雪子看着她，眼里满是不服和期待，艾瑞克也是，张畅倒是像抓住了救命稻草一样，一把拉住王慧敏的手臂。

"你干吗？"吼出这一声的，竟然是艾瑞克。

"慧敏，你倒说说看，我平时有骚扰你们吗？我张畅是这样的人吗？"

王慧敏的手被扭疼了。她看着眼睛里亮晶晶的雪子，说不出话来。她对张畅的厌恶，丝毫不比雪子少，但她有自己的顾虑，她丢不起这个饭碗。她也很焦急，害怕张畅对雪子做了恶劣的事情给尚未被规训的雪子留下阴影。可这一切，她却无从诉说。

雪子的眼睛里，光芒渐渐消失，好像一只被主人抛弃的小猫，渐渐露出失望的恨意。

"你划我的车，还诬陷。"见状，张畅更为嚣张了，几乎是在指着雪子的鼻子骂。

"你把手放下。"让王慧敏没想到的是，艾瑞克此时像个维护妹妹的正义大哥，站出来当面与张畅对峙。她想起那个地铁里被人捉住的色狼背影，只想眼前的一切尽快结束。

"你来得正好。管管你们组的人吧。不像话。"张畅这么说着的时候，是刘亚男来上班了。

这个阵势，刘亚男大概猜到了是什么情况。她只是没料到，小姑娘会性子烈到去把张畅的车子都划了。

"畅总，我先了解一下情况。"

"了解什么情况？划车刻字还要了解情况？"

"你这个猥琐垃圾男，我要告你！"

雪子和张畅的愤怒在十九楼的前台此起彼伏。施暴者，竟然也会愤怒，好像他才是受害人一样，这个社会，是不是必须先喊疼，喊疼了才有糖吃？

眼见局势越演越烈，刘亚男像是半威胁一般对张畅说："畅总，给我们一点时间，可以请 HR 一起我们了解好真实情况才作判断。你也不想我们实习生冲动起来找律师吧？哪怕是误会，让家里人知道也不好。"

"家里人"这三个字，像是踩在了张畅的心尖上，他犹豫了一下，哼了一声甩开了身旁的同事。

这时候，哼着京剧曲调的王总才从电梯上来，看他好心情的样子，早上遛狗应该挺顺利的。人事总监见状赶紧小碎步跑上前："和您汇报一个情况……"

艾瑞克拍了拍雪子的肩，王慧敏想去牵她的手安慰，却被雪子甩开："懦夫！"

小会议室里，每个人都没有带水杯。刘亚男让王慧敏给雪子倒了一杯热红茶。

虽然入职实习才三个星期，但张畅对雪子的性骚扰是持续的。

他先在群里加了雪子的微信，然后会在晚上——通常是十一点之后，给她发信息"睡了吗""我很想你"，见雪子不理睬他，他还转发过一些女团穿黑丝跳舞的小视频。真正的爆发是在那天下班之后，雪子倒霉地与他同乘一班电梯，张畅乘着人多一直挤在雪子身边。直到一楼门打开很多人出去了，而恰好雪子也开车。通往负二楼的那十几秒里，雪子的形容是："那色眯眯的眼珠子，简直要窒息。"张畅什么话也不说，只是直勾勾地盯着她看。迫不及待要去找自己车的雪子，却被张畅尾随，就在雪子感觉后面有个人要扑过来抓自己腰的时候，她猛地打开车门，同时冲他大喊："你干什么？"张畅却一脸猥琐十分淡定地说："你说呢？"然后打开了恰好停在她旁边的白色 SUV。

后来的事情，就轮不到王慧敏参与了。据说，人事总监又单独和张畅了解了情况，在雪子的强烈要求下也调看了监控，然后人事总监、张畅、刘亚男和王总一起开了会。那天快下班时，公司群里由人事总监发出了群消息。

王慧敏看得双手颤抖。

这份通知避重就轻。

大意是，公司希望所有员工注意开玩笑的尺度，避免造成不必要的误会。

半个小时之后，程林雪子被踢出了群聊。

王慧敏点开雪子的头像发现，自己被拉黑了。

第二天在茶水间里，王慧敏听到其他女同事们交头接耳议论着公司里的这个爆炸性事件。"那个事儿，人事也问我了。""太小题大做了。""哎，他就是打打嘴炮。""开个玩笑而已。"

"哎，慧敏，你说呢？"

王慧敏头也不回地走了。平日里一向与人不争不抢不起冲突的她，所能抵抗的方式，也只有沉默的愤怒了。雪子昨天在公司前台愤怒的嘶吼始终在空气里荡漾："言语性骚扰也是性骚扰！"

更让她失望的，是刘亚男的反应。那天早上刘亚男对王慧敏的交代是："少了一个实习生，短时间内公司也不会给我们再招了，所有项目你要再盯紧点儿积极点儿。"

"雪子呢？"

"你看到的事情处理结果，是老板的决定。"从刘亚男那里，这是王慧敏能听到的最卑微的话了。

平日里温文尔雅的艾瑞克此时表现的愤怒，比王慧敏想象的还要猛烈。

他把王慧敏约上了顶楼的空中花园。

"雪子是自己辞职的。"

"嗯。"

"嗯？你就没有其他反应吗？"

王慧敏看着眼前这个愤愤不平的大男孩。

"据我所知，那个猥琐男不仅骚扰雪子，还有你，全公司的女同事，或多或少都被在言语上占过便宜……有些甚至还有肢体接触！要是真统计次数的话……这是系统性的职场性骚扰！"

"那你想我怎么做呢？"

王慧敏望着艾瑞克眼神里愈加失望的情绪："我不想这样说，但是在职场里，明哲保身是第一位的。我当然心疼雪子，我也讨厌——那个猥琐的人，但是工作——我和你们这些含着金汤匙长大的小孩不一样，我需要这份工作。"

像所有夏天一样，头顶上的乌云来得很快，王慧敏终于都说出来了。一直以来那些憋在心里的话。她的无能，她的懦弱，她丢不起这份工作。

艾瑞克的眼睛也随着乌云暗了下去："所以，你工作的意义就是为了发工资，正义、平等，这些都不重要？"

"……意义、意义、意义，你追求的到底是什么意义？"

想起雪子水晶一样的大眼睛，张畅丑恶油腻的嘴脸，王总一副没什么大不了的表情，王慧敏承受不住了。

"你凭什么指责我？你怎么不站出来？你是海归，你是北京人，你是一个男生，你家境这么好，你根本不需要在乎这份工作，你怎么不替公司全体女同事站出来？还有，你自己就干净吗？你不也在地铁里偷摸女乘客屁股吗？"

"我……你在说什么啊……"被王慧敏连环炮攻击的艾瑞克突然哑口无言起来。"我有我的原因。这份实习对我来说很重要。但我也不想任何人受到伤害，尤其是你。更何况，正义要得到伸张，必须有更多的受害者站出来。"接下来，艾瑞克终于说清楚了王慧敏对他在地铁上的误会。

咸猪手另有其人。

在乘务警察到来之后，又有了旁边的热心乘客拿出了"证据"：正好在记录自己上班 Vlog 视频时用镜头拍下了地铁色狼作案的那一刻。好在地铁里监控多，很快逮住了真凶。

竟然是一个天大的误会。

乌云迟迟没有散去，他们脚边，是被办公楼物业打理得郁郁葱葱的花草。就算是身在顶楼的鲜花，也是会被人踩在脚下的啊。

"慧敏，我总觉得你和别人不一样。"

"看到你一个人对着墙壁练习乒乓球的时候，就更加确信了这一点。"

"我不相信，你会心甘情愿地、浑浑噩噩地活着。"

"你，就没有梦想吗？就没有哪怕一刻，去思考我们活着，是为了什么吗？"

顶楼天台上，艾瑞克的一连串质问让王慧敏陷入了一种见不到底的迷茫之中，眼前仿佛出现了一片跑不到尽头的山路。她又解离了。

梦想？

小时候，她的梦想是爸爸能亲亲她，后来爸爸有了小儿子。再后来，她的梦想是打乒乓球成为小邓亚萍，却为了考重点高中放弃了训练。那之后，她的梦想是离开家乡的那个小县城，当她真的考入北京研究生后这场长跑好像就停止了。

研三的时候，辅导员来询问她毕业去向，王慧敏才发觉原来其他同学早就开始实习、找工作了，比起同窗简历上一大串的公司名字，自己什么都没有。六月毕业的倒计时就像高三那年的高考一样，贴在宿舍墙上，每天早餐她都会被上铺要去海淀实习的室友吵醒，直到宿舍里空无一人，她在窗前望着校园里的梧桐树发着呆：校园时光要结束了。

那个半年里，她去得最多的是打印店，洗了无数张证件照复印了一张张简历，她跑招聘会，也在网上投简历。虽然学的是传媒，但其实干什么都可以，文秘、文案、策划、编辑……她想，只要有一份会发工牌的工作、一个工位、一张椅子，就好了。即便如此，还是很难。当了网络编辑之后，她发现每年媒体都会写"今年是最难毕业季"，其实哪一年不是呢？面试的时候，她才发现自己是不一样的。

她以为中传的研究生学历已经有竞争力了，但是对方会更在乎本科院校；她以为自己论文的选题很有创新，但对方完全不在乎而只看实习经历；她以为自己是女生更适合做策划，但是对方会要求酒量好能出差的男生；她以为自己不要求北京户口就行了，但是对方会明确更想招北京人……在经历了太多拒绝之后，在一次面对面试官询问"是否单身""假如工作中遇到客户动手动脚如何应对"的问题时，她心里咯噔一下，马上说出：先拿下订单。客户第一。说完之后，她被刚才那个发自自己口中的声音吓了一跳。

最后，她还是没有被录取。她回想着那天的情景，是不是自己犹豫了几秒钟的缘故呢？

要不是系里一个女导师询问谁还没有找到工作，王慧敏可能连网媒小编都做不了。在那位叫严红的女导师推荐下，她进入了一家网络媒体平台，不是记者，名为编辑，实际为"新闻的搬运工""格子间里的新闻工作者"，每天最费力的工作就是想一个能争取最多点击量的标题。这份工作对她来说几乎是完美的，无聊而有规律。有一个工位，有一张工牌，甚至有食堂，她不用怎么动脑子，按部就班打卡上下班就行了。唯一烦人的，是一周总有几天就要差使她"顺便买早饭"的男主管，还会为了博流量断章取义删改她拟的标题。

如此这般，还是忍受了四年。

直到在被上个东家突然裁员之后，偶然间得知这家背靠电影集团的新媒体营销公司在找一个有媒体经验的策划。总之，她依然在庆幸自己还算幸运，涨薪了一千块，逃离了给领导买早饭的工作，也租进了一个属于自己的小家。

一个人住，没有了和同租人的抢厕所，清净也自在。

但也不是没有烦恼。搬家的时候，两个师傅放下最后的箱子，待在大开间里不肯走，直勾勾地问她："小姑娘，你一个人住啊？"当时慧敏还没有多想，可晚上只剩下自己一个人时想起那个眼神后怕了，和汪梅一说那事儿，赶紧在淘宝上买了一双男士四十四码的拖鞋，就和供品一样，摆在门口。男士大码鞋，成了她独居日子的护身符。

日复一日的黄桃罐头也做了三年，在一个个快消项目里，她看到了太多为了卖货在社交媒体上刻意树立性别对立的话题，也看到了太多为了一点项目奖金暗地里使绊子的同事。而现在，她还知道了公司竟然原本就对男女员工有薪资差异。看不惯，不服气，又有何用呢？

而她已经三十三岁了。离三十五岁还有两年，这代曾经媒体笔下叛逆的九〇后已经步入中年，怂得不敢说不的中年。像她这样没车没房没娃没贷款的尚且如此，那些背负着家庭重担的九〇后，还能有什么梦做呢？她连像雪子那样，和办公室性骚扰说不的勇气都没有。她和其他格子间里的苟活的甲虫同事们，还有什么不同？

艾瑞克，你说我还能有什么梦想呢？还想追求什么人生的意义呢？挤在地铁上自由呼吸都困难的年代里，白日梦都不会再做了。

六月（下）

毕业季

六月快结束的时候，王慧敏就像往常一样倚靠在蛇尾巴上路过传媒大学，母校的门口人潮涌动，穿着学士服的年轻人围在一起拍照。盛夏的阳光下，一切都在闪闪发光，每个人的脸上笑容洋溢，就仿佛未来世界是属于他们的。

"像我这样不甘平凡的人，世界上有多少人。"望着轨道之下三十八摄氏度的热烈，王慧敏贴着冰冷的铁质车厢，感受着蛇的冷血，心里忽然哼唱起了这首歌。不知道从什么时候开始，歌单从朴树换成了更年轻也更忧伤的毛不易。

又是一年的毕业季了。

竹叶青爬过之后，留下了灰暗的影子。

这一刻以后，就是黄桃罐头的生活了。王慧敏想着，可是他们此刻并不会察觉。

或许是因为雪子离开而张畅没有受到任何惩罚，也或许是自责，王慧敏的心情一直很低落。在工位的时候她甚至会盯着自己的水杯出神，刘亚男叫了她几次都没有听到；去茶水间倒水的时候，不留神会被满出来的热水烫到；晚上坐地铁回家也有两次坐过站的情况。更严重的是，那晚在家里洗脸时，她看向洗手间里憔悴的脸，忽然流下了几滴眼泪。无声无息。不是放声大哭，而是眼泪控制不住地掉了下来。

她意识到自己在哭的时候，已经不知道过了多久。踏出洗手间的时候，又被绊倒，小脚趾上的血流了一地，她却感觉不到疼痛。

她看着电子时钟上显示的数字，把吵哄哄的空调关了，小客厅里的活物只剩下一只捉不到的蚊子，隔壁传来情侣吵架的声音，时间跳动着，如此漫长，就像人生，毫无意义。

电视柜的底层抽屉里，王慧敏翻出了许久没用过的烟盒，打开之后，还剩下六根。这种细长款的薄荷女烟，便利店都有卖。便利店比小卖部的好处是，没人会在意一个年轻女孩为什么会抽烟。

毕竟，王慧敏也说不出个理由来。是什么时候开始的呢？大学失恋那次吧，看着夜色里在电线杆下抽烟的男生，就跑去学校附近的垃圾街小卖部里随便要了一包。按了几次打火机才点燃第一根烟，风太大，差点儿把头发丝也吹着了。烟雾缭绕中，伴随着咳嗽声的，还有吐气时什么都不想的放松感。

再后来，考研的时候，抽过一次。找工作的那一年，还有被辞退的那段时间，王慧敏没有烟瘾，也没有吸烟的习惯，而抽烟就像是她的救心丸，一个人心里堵着的时候才会拿出来。

总是在王慧敏失落时保护她安慰她的，还有汪梅。那天晚上，汪梅的一通电话来了。

"周五我要来北京出差。正好连着周末。"

"好。"

"你没事吧?"

"来我家吧。"

周五的晚上,王慧敏在地铁站等着汪梅。

距离还有五米的时候,要不是汪梅朝她挥挥手,一定是会在人群里错过的。

穿着深灰色夏季西服的汪梅,踩着半高跟的黑色皮鞋,梳着齐耳短发,拖着一个酒红色布艺行李箱,像极了小时候从县机关大院里走出来的阿姨。

明明几个月前春节时还在老家见过,不过那是生活状态的汪梅,裹着羽绒服,头发也没有烫。这是王慧敏第一次见到以公务员身份亮相的汪梅,她想到自己身上的灰色短袖和牛仔裤,出门前还换了一双人字拖。

人都到面前了,王慧敏才机械地上前帮她拿行李。

出租车在小区门口停下,王慧敏领着汪梅穿过北方光秃秃的住宅楼,两个人一路上都没有什么话说,奇怪得很。行李的轮子声音滚过高低不平的砖石路面。

她们一起进了电梯。

王慧敏突然产生一种奇怪的感觉。三年来,这是第一次有人和她一起回家。

她在北京没有什么朋友,曾经的研究生同学要么很忙,要么在国外,要么回了老家。妈妈总说北京空气不好不愿意来。汪梅前几年忙着生二胎也是这次才有来北京的机会。

不是一个人回家的感觉，不会再害怕遇到什么跟踪的人。在家门口的时候，她还特意停了会儿，突然大声地和汪梅讲了几句没头脑的话，像是在和潜藏在角落的什么人宣示，我不是一个人。

两个三十三岁的女孩洗了澡，汪梅说，我来给你吹头发吧。

"没事，我在家总给老大吹。习惯了。"

记得初中的时候，隔壁班有几个学着小混混耍流氓的男同学，一到下课就蹲在走廊上，凡是路过去另一头上厕所的女同学，都会被吹口哨，甚至还会上手摸脸。汪梅的皮肤黑黑的，个头也矮，王慧敏比同龄女生要高一些，从小就面色苍白，当她们俩结伴穿过走廊时，那几个小跟班则会发出起哄的喊叫："黑白无常女鬼来了！"王慧敏总是吓得要死，拽着汪梅想要飞速穿过这片荒蛮的危险地带，却被汪梅紧紧抓住手。小个子的她挺着胸，大义凛然的样子一点点在走廊上踱着步，还会瞪一眼那些男同学。她们假装镇定走进女厕所后，王慧敏总会一下子抱住汪梅："刚刚吓死我了。"汪梅只是显得很淡定："别怕。"

汪梅再一次在王慧敏眼里成为女侠的一刻是初中二年级时。在教室的三楼窗户边，她悄悄牵着王慧敏的手，指着楼下几个从远处慢慢走近的人头。

"是他们？"

汪梅不作声，从校服内侧的口袋里掏出两件武器：三个生鸡蛋，两大包冰冰的水袋。就像瞄准猎物的豹子一般，汪梅对准那个领头的男同学扔下了第一个鸡蛋。

啪嗒。

汪梅迅速拉着王慧敏蹲下在窗边，两个人乐得不行，她们都看到了蛋黄在头上裂开的样子。

再一个鸡蛋，还有水袋……

这一通报复来得猖狂淋漓，但也很快带来了麻烦。

年级组长发了通报，要找到"恶作剧"的始作俑者。一开始目标定在了男同学身上，大概老师们从来不会想到看起来乖巧伶俐的初中女生会以这种形式反抗吧。王慧敏本来怀着侥幸的心理想不会被发现。但当班主任宣布嫌疑人是同班另一位平时调皮捣蛋的男同学对方又叫着冤枉时，她挺煎熬的。她在后排看着第二排汪梅的脑袋，琢磨不透这个好朋友心里在想些什么。

就在班主任教训男同学的时候，汪梅站了起来："是我做的。"

王慧敏僵住了，两只手在课桌底下紧紧抠着。

汪梅被班主任叫了出去，好在后来没有什么实质性处罚，也仅仅是做了口头批评。隔壁班的小混混再也没有朝着她们吹过口哨了。

这件事过去了很久，快中考时，她们两个在楼下走，突然被泼了一脸盆的水，"凶手"一直没被找到。也是那一次，在学校休息室里，两个湿漉漉的女孩互相擦着头发，笑了起来，又被教务室的老师训了一通。

王慧敏的中考成绩不错，在期望女孩能为自己多少争口气的妈妈坚持下，她填报了市里的重点高中，开始了住校生活。而汪梅，则留在了县城高中，她们每周都在 QQ 上聊天，从未间断过。

现在两个人枕着半干的头发，躺在床上，就像小时候一样。小个子的汪梅穿着王慧敏的睡衣，她的黑色长睫毛挂在暗沉的脸上，就像套在睡袋里疲倦的宝宝。

出租房里的老空调的声音轰轰的。

在原本安静得只剩下呼吸声的卧室里，迸发出了一声笑。

是汪梅，她用手敲敲旁边王慧敏的大腿。

"你还记得吗？初一的时候在你房间里睡午觉，也是夏天，空调还漏水了，关键还听到你爸在客厅里打呼噜，震耳欲聋的……"

"嗯。他的呼噜是真的很响。"王慧敏已经多久没有听到曾经让她难以入睡又吵着她看书的呼噜声呢？她不记得了，好像是很久很久的事了。

"我和你说，我老公也打呼。吵死我了。"

"你不是说连宝宝也打呼吗？"

"是啊，也不知道是不是遗传。不过，我也很久没听到老公打呼了。"

"嗯？"

"我们分床睡了。"

"嗯？"

"有一段时间了。"

王慧敏把左手伸向了汪梅的右手，牵住了她，可能是空调太低的缘故，冷冰冰的。汪梅的身体一上一下，控制不住的眼泪爆发了。

在粉色睡衣里的她，脆弱得就像初生的婴儿一样，让人心疼。

星期六早上的时候，王慧敏热着汪梅带来的老家梅干菜烧饼，对着正刷牙的汪梅说："我带你去北海公园吧，那儿可以划船。在湖上就没有那么热了。"

天蓝得就和宫崎骏的漫画里一样，北京的夏天，大概是最不恼人的季节。就算也会热，但没有太阳的地方，还总会有凉风吹过。王慧敏租了一只荷花造型的船，两小时就要六百元，两个人挤在狭窄的圆形船舱里，面对面坐着。

"你还是没学游泳吧？"

"是啊。"

"我也还没有。那我们，冲吧！"

汪梅总是会有这样神奇的能力，总是在不经意间露出她古灵精怪的一面，那个不在乎的语气让王慧敏觉得，是啊，没有什么大不了的，冲啊！

两个不会游泳也不会开车的人，在荷花船里摆弄着方向盘，荡起的水花伴随着尖叫和笑声，听起来是那么无忧无虑。

王慧敏的微信电话响了。是妈妈。她极不情愿地在湖中央接起了电话："怎么了……我说了不想加，没有必要……"皱眉的样子显示了内心的抗拒，放下手机又是一阵叹气。

"你还记得陈子薇吗？"

"坏班花容嬷嬷？"

两个人突然又是一阵哄笑。然后还是王慧敏的叹气："烦死了。我妈非让我加她微信，说她找了个厉害老公，是做影视公司的，特别挣钱，公司待遇好，还说陈子薇要给我介绍男朋友……"

"哈哈哈哈，就她还给你介绍？"

"是啊，我妈遇见她妈了，她都不知道，自己女儿一直被别人女儿欺负，我也真是服了。整天琢磨着怎么卖女儿。"

　　王慧敏考入市里重点高中的那一年，陈子薇也通过家人的关系读了那所高中，还是重点班。自从年级里其他同学知道她们俩都是一个县城的老乡，陈子薇就极尽力气散播王慧敏小学时候的糗事。在学生时代，好看的外貌和高分数的成绩就是一切，而有这两样兜底的陈子薇，没有人会在意她的刻薄，反而成了年级里被羡慕和追捧的对象。而王慧敏，托了陈子薇的福，则是大家取笑的对象。

　　孤身一人连课本都难对付的王慧敏，只能选择躲着陈子薇走。

　　现在的王慧敏还是满脸疑惑："小时候我就不明白，一个什么都拥有的人，为什么还会如此咄咄逼人折腾别人呢？"

　　汪梅开着船，指了指脑袋："有问题。""就是，她这样多累啊。"

　　高考时，倒霉的王慧敏正好撞上例假，吃了几颗避孕药也不管用，影响了语文成绩，发挥失常。她瞒着父母只填了安徽省外的学校，填报了二本浙江传媒学院。通知书来了以后，妈妈在家里哭天喊地地女儿要走了，爸爸知道后只是来了一句："你真让我失望。"

　　不出意料，永远被幸运女神眷顾的陈子薇通过艺考考中了北京电影学院，高中通知栏上还贴着红色的喜报。汪梅也算是发挥出了自己的正常水平，被安徽的一所三本学校录取了。

　　"你说那会儿，高中毕业那会儿，真以为世界就在眼前。"
　　"一切皆有可能。"

　　"可不是嘛。可是过着过着，世界就离我们越来越远了，再也追不到了。"

　　说着说着，两个人都沉默了，任由清风拂过，荷花船在湖里摇啊摇的。前海与北海被陡山桥相隔，桥的南侧湖岸是"接天莲叶无穷碧"，荷花船停在桥的北侧，两个人就静静地望着在风中摇曳的荷花与莲叶。

　　王慧敏不小心触碰了手机音乐的播放键，汪梅按住了想要关掉的她，似乎是在说，就让它唱吧。

　　　　像我这样迷茫的人

　　　　像我这样寻找的人

　　　　像我这样碌碌无为的人

　　　　你还见过多少人

　　　　像我这样孤单的人

　　　　像我这样傻的人

　　　　像我这样不甘平凡的人

　　　　世界上有多少人

　　两个三十三岁的老朋友，没有跟着哼唱，只是默契地开始往回划动。偶尔抬头望着白塔，好像远方有她们各自找不回来的童年。

　　火车站里，汪梅换上了平时穿的衣服，有些皱巴巴的短袖衬衫，看起来挺旧的黑色牛仔裤。她在挑"北京特产"："烤鸭大宝爱吃，稻香村给婆婆买点……"

"哎呀，我都忘了！"

"忘了，昨天在北海，都忘了给你买你最爱吃的糖葫芦。"

"哎，下次吃呗。"

"你下次来，什么时候？"

汪梅没有回答，狠狠抱了一下王慧敏："好好照顾自己。"

直到高铁开走了一趟又一趟，把汪梅送走，王慧敏也没有把张畅性骚扰和雪子愤而离职的事情说给汪梅听。她分明心事重重，却什么都不愿倾诉。

汪梅提着包，靠在窗边，疲惫的身躯下埋藏着自己的心事，痛哭过的眼睛下面早已没了泪痕。手机微信里传来一阵阵振动，是婆婆发来的宝宝吃饭的视频。有那么一会儿，她只想望向窗外，看着飞速而过的模糊车厢。

那晚上，两个人的身体彼此靠近，王慧敏却感觉已经相隔千里。眼前这个开口闭口都是孩子和老公的汪梅，眼神里早已没有了神采奕奕，她好像已经失去从前那个女侠了。

终于回到家的王慧敏，收到汪梅的信息："门口的鞋子太新了，你得弄得脏一点。"

她啃着汪梅带来的梅干菜烧饼，在沙发上哭得很大声。

六月快结束的时候，王慧敏发现，自己对数字越来越失去了感觉，不痛，也不痒。

刘亚男在小组会上带着大家复盘父亲节的项目，因太过激动右手拍着桌子，水杯都随着震了一震，文档里红线以下的数字被她形容为"触目惊心"，王慧敏眼里的它们，却只是数字而已：

> 网络平台"想看"指数低于同类题材 15%
>
> 社交媒体话题讨论指数只有 59
>
> 票房更是惨淡沦为近三年父亲节档期垫底只有去年
>
> 同期影片的 75%
>
> ……

为无数人造梦的电影也不过是一个工业体系的商品。这是王慧敏从事营销工作后才醒悟的。

电影在被生产之前就会被放在一个名为"比较"的透明玻璃盒子里，然后被人不断地往里面扔各种维度的数据。

故事弧、人物设定、冲突与悬念、同类型对标、目标受众、拟邀主创、拟订档期……每一个维度被打分之后，又会被折合成一个综合的分数。对着影片大纲就开始打分的情况也相当普遍，就像还未出生的孩子就被宣判这辈子不过是一个连平凡都够不上的 loser（失败者）一样。

"慧敏，你说说，整体数据不如预期的原因有哪些总结？"

刘亚男点到她的时候，王慧敏正在发呆，她看着那些被定义的数字，想象着它们原本自在的模样，此刻却被视为罪证一般摆布着。不只这间小会议室，这幢写字楼的每一层，都有无数的数据正在被分析、批斗或被奖赏。

"可数字都只是数字而已啊。"

王慧敏不由自主地把这句心里话说了出来。

小会议室里的人都吓了一跳，艾瑞克也露出担心的神情。

刘亚男似乎没有注意到她的异常，只是显得更生气了。在职场里，每个领导最需要的不是活干得漂亮，而是尊重。尊重的表现是绝不挑战领导，尤其是在公开场合。"我们做营销的，不为数字负责，还怎么做好工作？"

是啊。营销就是一个不断制造新数字又打破它的游戏。

做快消品营销的时候，他们对接的品牌会给代言人、品牌挚友暗地里贴上标签，其中一种就叫"营销咖"。通常来讲，营销咖艺人的网络媒体数据都非常好，什么百度、微博、抖音热点是常年常驻，艺人偶尔发的一两条广告微博也能瞬间有很多粉丝拥入转赞评论。刚开始入职的时候，王慧敏很乐意接这些"营销咖"代言的产品，这些艺人往往自带营销团队，可以助力他们很快完成数据要求。

但假数据终究是假数据。

遇上要求附上购买链接的品牌，"营销咖"的数据泡沫就破灭得很快。转发可以过百万，产品一个小时也没见卖出去几件。

知道真相后的王慧敏，想起自己刚开始入职时紧盯着跳动的数据，连中饭都不敢吃，厕所都不敢上，而那些跳动的背后，竟然是机器的力量，她觉得自己被欺骗了。

"营销咖"的数据骗到了新媒体营销公司，新媒体营销公司又骗到了快消品牌，品牌把数据"战报"一级级往上汇报，形成了击鼓传花的游戏。

可数字又不只是数字。

月末的工资到账了，王慧敏看到短信提醒：您六月工资入账

11090.2 元。

如此精确。

正在会议中的王慧敏忍不住暗中看向了丁俊山，他也收到工资了吗？他的薪资是不是真的比我高很多？公司真的有男女薪资差异吗？

比起让人麻木的营销汇报数字，每个月入账的工资数字才是她在乎的啊。

还好，差点儿以为自己要得抑郁症的王慧敏，在自己一万多的工资数字中清醒过来。

她需要一个真相。

她想要知道真实的数字。

可是，她敢吗？

刘亚男像猎人一样，死死盯着桌上的这几个人：“暑期档的营销，只可成功，不可失败。都听明白了吗？”

“必须的！”再也没有比丁俊山更像走狗的人了吧。无论是谁，只要职位比他高，头衔比他高，他都能仰着油头，摇着尾巴上前舔一舔。

要是坚持向刘亚男反馈薪资平等问题，她会向人事部门申请同酬吗？

王慧敏心里一边纠结着，一边机械地应和着刘亚男的喊话。

“明白了。”怎么会忘记呢？对小甲虫来说，从来就只有“明白”和“好的”两个选项啊。

这个世界上，还是有从不会作假的数字。

比如时间。比如走过的路。

两者加在一起，就是在跑步机上跑步。坡度、时间、路程、卡路里，每一秒，都有数字在闪耀，让跑步机上的人觉得仿佛再累也还能再坚持下去，毕竟每一秒，都没有白过。

"你终于也来跑步了。"

"是啊，年纪大了，练体能。"

"嗯，我相信运动不会撒谎。跑步机上显示的数字都不会骗人，都是有意义的。"

王慧敏咯噔了一下，又是数字。艾瑞克对于数字和意义的执迷简直有些走火入魔。她想起来雪子之前不经意间抱怨过："姐姐，艾瑞克这个人，帅是帅的，就是不觉得有时候有点偏执嘛。"

在她旁边，匀速五已经跑了半小时也还没有喘气的艾瑞克，专注地望着窗外的车流，不再说一句话，只有两腿不停地交替向前。

高楼之间的三环外，拥堵的车排成了星星点点的队伍，就像头顶上望不到边际的银河一般，王慧敏在心里说："我也不想输。"

七月

丑小鸭与白天鹅

王慧敏在漆黑电影院里，大银幕上是《西北偏北》中加里·格兰特在荒芜的稻草地里四处逃窜躲避着小直升机的攻击。千钧一发的时候，大银幕也黑了。她感到黑暗中有几股凉意向自己逼近，左手却又好像牵着什么温暖的东西。手机的闪光灯一亮，几束蓝绿的光射向了自己，是像野猫或像豹子的眼睛，凶狠得不敢直视。等逼近了才发现，竟然是陈子薇、张畅和丁俊山的眼睛。他们三人像披上了甲虫的黑色风衣露出亮白色的尖锐长牙正扑过来。

"啊！"

她想呼喊，却怎么都发不出声音。

她想逃跑，座位后面却仿佛有人按住了自己的肩膀，动弹不得。

她紧闭着眼睛，不敢面对黑暗里的危险，心里默念着：就这样吧，就这样吧。另一个声音却也在呼喊：放我走！放我走！

绝望之中，一双柔软的手牵起了她，在黑暗里不顾一切地往前冲，越跑越快，越跑越远，终于在那些厉鬼追到之前撞开了门。

灯光刺眼，外面是热闹的商场。

王慧敏在此时醒了过来，浑身是汗。昨晚这破空调又自动关机了。早晨的光线从窗帘缝隙里漏进来，抚照着四肢无力的王慧敏。

原来只是一场梦。

那双手，是艾瑞克吗？

手机闹铃声大响，王慧敏就像被人打了几拳一样连下床的力气都没有了，瘫坐了好一会儿，才在第二次铃响时揉着眼睛走向了洗手间。

又是一个所有上班族都不愿意面对的星期一。

几乎是从出门那一刻起，王慧敏就在心里琢磨着今天这种天气是不是该来一杯冰美式。公司里虽然有咖啡机，但只能产出热美式，实在不适合三十八摄氏度的夏天。星巴克的冰美式要二十八，快抵得上午餐的一个牛肉便当了，只有便利店了。

没有便利店的日子，我该怎么活啊！王慧敏一边想着一边乖乖在队伍后面排着。早晨这段时间的一号便利店，是整个三元桥最有烟火气的地方，在写字楼再大的头衔，经理也好，总监也好，都得在这里等着豆浆和蒸热的速冻包子。

"欢迎光临！"清脆的声音响起，竟有些熟悉，王慧敏抬头一看，是雪子。

穿着便利店店服、戴着鸭舌帽的雪子依然藏不住闪亮的眼睛，同时也看到了额头和鼻尖都出汗的王慧敏。

她调皮地眨了一下眼。

看来艾瑞克的情报没有错。那几天艾瑞克大概是看王慧敏心情低落，安慰似的，把雪子的近况转告给了她：放心吧，美少女已经恢复元气了。正打算着继续体验生活，说是会打些零工、看看社会什么的。

王慧敏还记得艾瑞克那个无奈的语气，就差把"这样子体验人生又有什么意义"写在脑门上了。

当然，雪子肯定不会在乎艾瑞克或者任何人的想法。

"喝点什么？"

"一杯冰美式。"

"我们有夏日限定的青葡萄味的冰美式，这位小姐姐想要来一杯吗？"

面对笑盈盈满怀元气的雪子，王慧敏怎会说不呢？

冰凉凉的美式拿在手里，是夏天才有的水珠和翠绿色，在太阳底下边走边一口喝下去，也莫名其妙地拥有了好心情："是夏天的味道啊。"

等待电梯时，专心喝着冰美式的王慧敏被艾瑞克叫住："早啊。"

这个小男生从来不叫她"慧敏姐"，不知道是不是在国外待久了的缘故，还是我身上就缺少一种"姐姐"的气质呢？王慧敏用余光看着前方的这个看似阳光却总是散发忧郁气质的男孩。

艾瑞克头发上有一点亮晶晶的，是汗，但是靠近时依然散发出好闻的橘子气味。他右手提着黑色头盔，左手拿着一杯星巴克，上面贴着"热美式，每天微笑的 Eric"。

谁会鼓励自己每天要微笑呢？这何尝不是另一种折磨。

"热美式？"

"嗯，我胃不好，夏天更要注意养生。"

艾瑞克说话一本正经的样子让王慧敏觉得好笑："我刚刚看到雪子了。"

"嗯？看来她说到做到了。"艾瑞克瞪大眼睛惊讶的样子更逗了。

挤进电梯的时候，两个人手臂突然贴在了一起，王慧敏感觉到自己心脏扑通扑通跳着，从未有过地紧张。是因为那个梦吗？艾瑞克很快把手挪开，露出了绅士的歉意的微笑。王慧敏却在心里希望这趟电梯慢一点，再慢一点。

一大早因为冰美式带来的好心情，很快就因为张畅在西面工位的出现而毁灭了。

她看到张畅一手插在白裤子口袋里，另一只手搔着耳朵，正对着双手环绕在胸前的刘亚男滔滔不绝，眉眼间都是得意。

"这可是个大项目。片方是我好哥们儿，营销上需要刘总大力支持，渠道这边我们会给到顶配。"

"暑期档已经有一部喜剧片了，他们临时定档，这么有把握？"

"大档期嘛，质量你不用担心，票房肯定有保证。一会儿例会上我会细说，先和你打声招呼。"这样说话的时候，他的眼神在金丝框镜片后面闪烁，瞥到了刚到座位的王慧敏。

"慧敏来了啊，我也要去楼下买杯冰咖啡。慧敏——你帮我个忙，把新电影的基本资料打印八份，他们老板刚发过来，你们离打印机近嘛。"说完还作势拍了拍王慧敏的右肩膀捏了一下，笑嘻嘻地走了。

你们自己组里就没有人了吗？王慧敏狠狠咬了一下吸管。

刘亚男安慰她似的扶了扶她的肩："可能真是个大单子，对我们来说也是个练手的好机会。对了，你的乒乓球练得怎么样了？"

"手感回来了一点儿，不过太多年没打了，需要找人一起练……"

"有需要支持的随时和我说。"

这样说着的刘亚男，还没等王慧敏回答，就自顾自走去了茶水间的方向。

王慧敏打开了网页版的微信，张畅的对话框里跳出了两份文件和文字，"辛苦你了，小慧敏"，还附上了一个猥琐地躺在沙滩上挑逗的表情包。张畅从来不用钉钉与她沟通，哪怕是工作上的内容。

打印室里的机器轰轰作响，王慧敏桌上的冰美式快喝完了，那几口几乎就剩下冰融化成水的味道，吸完最后一口，仿佛预示着那一天所有的快乐也就到此结束了。

整理打印资料的时候，王慧敏翻到一页出品人的介绍：马鹏飞。天鹏影视公司的创始人，曾出品多部现代都市喜剧，累计票房十亿。看着黑白打印的照片，王慧敏记起来的：这是她研究生班时的同学，在同一个学院。这位马同学在中传读书时就相当有名气，开着跑车进校园，身边美女从不间断，传说学院里三年来就有他的十个女朋友，全是学妹，有些还是刚入学的大一新生。他的"择偶标准"曾经传得满校飞："三不"原则，不找比自己年纪大的，大一天都不行；不找比自己矮的，他大概和王慧敏差不多高吧；不找比自己黑的，其实就是主流的亚洲直男审美"白幼瘦"。王慧敏和他的交集不多，只有一门专业通识课排在一起过。上大课的时候他就显得很狂傲，经常迟到了还大步从前门进教室，一副少爷的派头。不过快毕业的时候关于马鹏飞的流言倒是更多了起来，起因是有人上门讨债，好像说他那些行头都是租的，什么豪车，什么品牌，还借了很多信用卡……王慧敏对他的记忆就暂停在了那时候。

那时候年纪还轻却已经显露出油头粉面了，这张照片看上去，马鹏飞同学——马老板显然长出了厚厚的暗色眼袋，还有一只价值十亿的双下巴。

入校十年，毕业七年。曾经的同学成了大项目的甲方，王慧敏却还在给项目打印资料。她把喝完的冰美式杯子扔进了垃圾筐，然后捧着这一大份文件给高管会议送去。

这部准备官宣进入暑期档的喜剧电影讲的是一个俗套得不能再俗套的故事：一个中年失意男在一次车祸后突然穿越回了二十年前，他凭借预知未来的能力成了年轻富豪，原先看不起他的校花也成了他的情人，而他则甩掉了原本便不嫌弃他一直在身边陪着他从创业到破产的妻子……

在不到十五分钟的片花里，充满了男性视角的凝视：中年妻子脖子上的细纹、暗沉的皮肤和雀斑，还有微微隆起的小肚腩，记忆里少女校花刚刚发育的身材、白皙的脖颈、又纯又欲的笑容，还有像母夜叉一般向着捣蛋男同学吼叫的女班主任……失意男主的暴富源头也完全经不起推敲：路上捡到了一个成功人士的钱包，里面有股票代码，他因为通晓未来借钱大量投资了股票，还"作弊"买了几注大奖彩票。

真是不劳而获的人生。

像极了马鹏飞个人经历的写照——或者说他对人生应该怎么活的影视化的意淫。

那些"累计十亿票房"的电影，其实也和这部大同小异。无非是害怕成为穷人的男人和害怕变为又老又丑的女人。

男性与女性，都被物化成了符号：金钱与美貌。

王慧敏想不通，这样的片子是如何做到"叫好又叫座"的？拍手叫好说自己看得"又哭又笑"的甚至不乏很多女性。难道在审美上，自己也成了异类？

"A piece of shit！烂片。"微信提示里传来的艾瑞克的短消息，王慧敏和他隔着桌子对视了一眼。

不知道从何时开始，两个人成了那种可以在微信上吐槽公司项目的同事。在职场上，这种表露真实看法的行径看似简单，实则危险。你永远不知道，这种对话会不会被对话框那头的人反手截图就发给老板了。

而王慧敏与艾瑞克似乎正渐渐形成某种秘而不宣的默契。虽然沟通不多，但足够体现彼此间那种难以言说的信任了。

在高管例会后的下午，张畅就迫不及待地拉着整个刘亚男的小组启动项目会议了。他两手一摊，相当期待地望着会议室里的观众："品质不错吧，出品人——我哥们儿，有信心这次能单片冲十亿。"

"头部喜剧男性，票房号召力杠杠的。女配也很有 CP 感，主角的故事也很励志。"丁俊山嘴里说出来的夸奖，几乎让王慧敏怀疑自己方才与他看的是否同一部片子。他像水池里的金鱼一样，嘴巴一张一合，在会议室里谄媚地大放厥词。

"还是俊山评价得到位。你们女观众也说说嘛。"只见张畅得意地扶了扶自己的眼镜，大声喝了一口茶水，开始环视着房间准备点名。

最后的目光还是落在了死命低着头祈求自己别被点到的王慧敏头上。

"我不太看这类喜剧。"王慧敏脱口而出的话也让自己惊讶，她很少这样正面地表达"反对"的声音，沉默不语或者凑合应付两句是在这样的会议上比较常见的做法。不知道是身体里哪根弦出了错，可能是早上那杯冰美式的作用吧。

丁俊山这样的小人，怎肯放过王慧敏"出错"的机会呢："慧敏的审美都比较高级，文艺女青年嘛。"

"行了，这片子的主流受众肯定还是在三四线城市，这类宣发视频得在抖音上找到情绪共鸣点。张总，你们抖音的资源给力吗？小丁，这个项目就交给你牵头吧，男性观众是主力群体。慧敏、艾瑞克，你们俩全力协助好小丁，这个项目的费用——张总，确定是按票房比例分成是吧？"刘亚男行云流水般安排完一切，像这个房间的终极大 BOSS 一样审视着张畅。

还沉浸在预告片里得意洋洋的张畅，被刘亚男这一波反客为主、布置任务式的安排给弄得愣了几拍，表情逐渐显出不满又不好表现："当然，老板是我哥们儿——"

"那就这样，我们小组肯定全力以赴，我下午还有个会，你们再细聊。张总，有什么问题随时联系我。"还没等张畅反应过来，刘亚男夹着电脑，踩着高跟鞋利落地关上了会议室的门。

张畅的脸色自然不好看，这好歹是他介绍进公司的业务，量级也不算小。不过刘亚男的态度自然也很明显了。

"你们刘总说得是，毕竟也是河南小镇出来的姑娘，了解下沉市场。"张畅指了指自己团队的几个同事，具体方案你们随时沟通，这两天先出一版本，"慧敏，你必须要给到女性视角的意见，要到十亿，光靠男观众是不够的。"他用右手指点向王慧敏，几乎用了命令的口气，然后拿起杯子有些气呼呼地出了门。

更不敢置信的还在后面，在没有了刘亚男和张畅的会议室里，丁俊山突然接过了领导的角色扮演接力棒。他两手一撑桌子，像一只起飞状态的甲虫，摆出了领导的架势，开始派活儿："慧敏，你阅片量大，找找近五年类似喜剧片的核心营销点、热搜词条，结合这些拟出我们主打的卖点。艾瑞克，你们〇〇后刷的社交媒体多，找一些新的有爆发力的渠道还有主流平台上符合这个片子调性的头部账号。明天中午之前先发给我，我来整合。"

丁俊山运筹帷幄的样子，语速很快，几乎要把口水都喷出来了。

王慧敏不满地看着丁俊山，眼神仿佛在说，我们把活儿都干了，那你呢？

丁俊山像是看穿了一般，十分自若地在桌子上用手指敲打着规律的节奏："我要去沟通的啊，张总那边看看甲方有什么具体要求，搞不好都会动态调整的。"

"辛苦你们了。"

辛苦这种话，在职场里不是随便说的，只有上级对下级表示安慰时才被允许用上这样的词语。此刻的丁俊山，显然把自己当作可以支配同事的"老板"了。这样一来，项目要是做得好，那势必都是牵头人丁俊山的"功劳"；但若是成绩一般或者哪个环节出了问题，也容易甩锅给具体负责不同部分的同事。

丁俊山的算盘，打得很精。

艾瑞克和王慧敏都没有接话，丁俊山像是给自己打圆场似的宣布："那散会吧。"走廊里，抱着电脑的黄桃罐头们一个个出来，脸上都没有什么笑容。

周一晚上十点的一号便利店，除了一个值夜班的店员走进走出补货，大门的感应器发出的"欢迎光临"的音乐之外，还有几个大冰柜疲惫工作的抱怨声。王慧敏坐在玻璃窗前那排属于solo王者的位子上，品着不带一点糖的冰凉乌龙茶，还有新奥尔良烤翅味道的薯片。全身上下，除了嘴巴机械地开合，她的脑袋和身体都没有运转，麻木地看着外面的世界：闷热，除了闪过的汽车尾灯没什么色彩，像自己一样无人问津。大多数这样的时候，她只是在发着呆，什么都不想。

和很多职场人一样，在艰难结束了一周第一天的星期一晚上，她在独自练习了一个小时乒乓球后，只想啃些什么热量爆棚的食物慰劳自己，而唯一能自控的，只有无糖饮料。

她如此专注在自己的世界里，以至于都没有注意到艾瑞克什么时候走了进来，还坐到了她身边。

突然发现玻璃窗里多了一个人，王慧敏吓了一跳。

"发什么呆呢？"

看着艾瑞克手里拿着的玉米沙拉和金枪鱼饭团，王慧敏心里的疑问脱口而出："你这是早饭还是夜宵啊？"

艾瑞克摆摆手："每一餐，都要控制热量。"他说完展示了一下金枪鱼饭团的背后标签，"配料表很干净。"

"哎……你这个人，还真是奇怪。"这样说的时候，王慧敏也意识到自己的奇怪，可以这样直接地与一个同事对话，不带一丝掩饰和应该有的职场客气。怎么说呢，那种和刘亚男、丁俊山说话时的小心翼翼的距离感，到了艾瑞克这里，忽然消失了。连她自己都未意识到。更奇怪的是，她眼前的艾瑞克从未变成过甲虫，大概是因为，他是如此不接地气吧。既然这样了，就直接问了："像你这么优秀的海归，怎么还在这家公司实习？"

虽然话题突然从便利店食物到了工作，但艾瑞克似乎对这样的问题丝毫不惊讶，一边啃着饭团一边说："晚上吃饭团，有种幸福的感觉。在英国的时候，sushi（日式寿司）最熟悉，很神奇的是，哪怕是碳水，吃多了也不会困。"

"你呢，倒是你，明明工作一点儿也不开心，而且，你似乎也一点儿都不在乎，为什么还在这里工作？"

"果然，"王慧敏想着，"你总是回避问题，同事们都说你才是来体验生活的。"

"你也在回避问题。"

"好像同事间聊这些不太合适。"

"你只是把我当普通同事吗？"

王慧敏一时语塞，脸也莫名其妙地红了起来，就是不该和〇〇后的年轻男生说这么多话。

"要吃冰激凌吗？"两个人几乎脱口而出。

默契地走向大冰柜，像在博物馆里观赏五千年前出土的文物一样仔细观察着心仪的品种。一次只能吃一根冰棍，真是遗憾。艾瑞克买了单，自己却没有吃。

"我和你不一样，"舔着巧克力冰激凌的王慧敏，好像回到了方才一个人独坐时自在的样子，"我啊，我只能在这里上班。坐地铁，写报告，开会，写策划，做执行，复盘，如此循环。我只会这些。这是能养活自己的唯一方法。"

"但我们都知道，你和他们不一样。"

说完这些，艾瑞克就头也不回地先走了。

点点夜光里的背影像什么呢，是萤火虫吗？

那天晚上，王慧敏又做了一个噩梦，无数只甲虫和一只白天鹅围攻着啄着自己。在痛苦挣扎准备放弃等死的时候，周围涌来了密密麻麻的荧光武器：萤火虫，它们追赶着那些敌人，打败了它们。然后把王慧敏包围在中心，照亮着她，保护着她。

在梦里，萤火的光线终究越来越微弱，直到王慧敏又独自一人陷入了黑暗。

星期三就像一周工作时间线上的小红点，跑过这一天的时候王慧敏总感觉旁边有个人在给她打气："加油！已经过去一半了，胜利就在前方。"

不过很多时候，前方没有胜利，只有职业性的妥协。

像这样甲方会直接参会的项目会，王慧敏不是没有经历过，但营销公司开会开到一半再冲进来指手画脚的甲方，还真是头一次。

眼前这位手提着深绿色鳄鱼皮爱马仕包、穿着香奈儿白色粗花呢套装和 RV 肉粉色平跟鞋的女士，精致得就像是从小红书视频镜头里走出来的有富婆人设的穿搭博主。身高应该快有一米七，那脸庞美则美矣，毫无灵魂，反正都是照一个模子刻出来和画出来的。

张畅见此情形，立马站了起来又是哈腰又是垂涎美貌，恨不得把那贼眉鼠眼的油性大脸都贴到别人的冷屁股上去。丁俊山也随即恭敬地站了起来，谄媚着上前主动握手自报家门。

女士并没有伸出手的意思，只是冷冷地扫了一眼一屋子的人，到王慧敏这里时，显然愣了一下，马上又恢复了那种倨傲的神情。

王慧敏像个被点名的小学生一样和几位同事一起起身，看着这位眉宇间有些似曾相识的女士，有些恍惚。

"这是天鹏影业的副总，陈子薇女士。这个影片是她全权从剧本开始开发的，对片子有绝对的解释权，陈总也操盘过好几部喜剧爆款的宣发，很重视这个片子……"

"行了，张总，我们还是来看看具体方案吧。"陈女士不等张畅的彩虹屁放完，直接打断他进入了主题，她看了看左手腕上闪钻的腕表，"我下午还有其他事。"

除了陈子薇，所有人都没有注意到长桌另一头的王慧敏整个人几乎都在发抖，她使劲掐自己的手，脑门也在出虚汗。望着坐在张畅旁边这个浑身上下散发着"成功人士"的老同学，她简直不敢相信自己的眼睛。

陈子薇的外貌确实改变了很多。

小时候的她其实就美得很出挑，但现在她的鼻子更挺拔了，眼睛和嘴唇还有脸型……似乎都动过了，美得像是滤镜里的人，那么刻意，又那么脆弱，不见了少女时代的灵气。可性格看起来却依然是像以前那样强势，不给人面子。

妈妈电话里的话在脑海里浮现："找了一个影视公司的老板……"

天鹏影业——我怎么会没有想到呢？王慧敏在心里默默念着，最不想见的人，终究还是见到了。

二十年过去了，我还是那个丑小鸭，而总爱以捉弄人为乐的白天鹅却绽放得愈加美丽了。

可她为什么要找我呢？

"年轻有为，才貌双全……"张畅奉承的声音像背景音一样传入王慧敏的耳朵。

想起来了，是年龄。

王慧敏那届同学，大多是九〇后下半年的，像她这样九〇后的上半年的孩子已经很少了，而陈子薇则是八九年的。她会记得这一点，是因为那时候班主任老师总是拿"你们可是千禧年的九〇后"让他们好好学习，但总有几个调皮的男生会指着陈子薇说："老师，她不是。"陈子薇是八九年十二月生的，作为白天鹅，众人眼里的仙女和公主，她被卡在了"九〇后"的数字线上，仿佛成了她一辈子的隐痛。王慧敏想到这里，有些发颤地在手机上搜索了陈子薇的名字，出来的网页上显示："九〇后新锐美女制片人……"

　　原来是这样啊！果然是这样啊！

　　一个如此完美和高傲的人，竟然也有几乎所有女人都有的弱点——年龄。哪怕只是相差几天而已。又是数字。联想到马鹏飞的"三不择偶原则"，王慧敏似乎明白了些什么。她的心情似乎也因此平复了一些，看着汇报似的向陈子薇介绍宣发方案的张畅，她微微挺直了胸膛。

　　在会上，陈子薇对方案里的核心 slogan "男人，初恋不止一次，也不止一个女人"表示很满意，她环视一圈，目光落在了帅气的艾瑞克身上："小帅哥，你觉得怎么样？"

　　"这样的文案，我觉得不太尊重女性，很大概率会引起女性观众的反感。"艾瑞克的直接，让会议室气氛一下子冷了下来。

　　陈子薇那张精致的满是粉底的脸上是诧异又挂不住面子的表情。

　　"陈总别介意，这是实习生。"张畅一面给陈子薇添茶水，一面不忘给刘亚男落井下石，"刘总，你们实习生，很有自己不一样的想法啊。"

　　两只手在会议桌上不断敲打着的刘亚男，显得十分烦躁。显然，她没有预料到，自己的这个平时看起来很安分守己的实习生，会在甲方面前如此"无礼"。

　　艾瑞克期待地看向了王慧敏，低着头的王慧敏。

　　再次抬起头时，王慧敏说："我也和艾瑞克的看法一样，作为女性，这样的文案让我不舒服。"她的声音不大，但足以让整间会议室都听到。她这样说的时候，没有看着艾瑞克，反而是看着陈子薇，一个字一个字，就像一封绝笔信。

"哈哈哈哈哈……"

会议室里顿时充满了张畅油腻的用来掩饰尴尬的笑声，成了一道背景墙。

背景墙之下，是再次极度诧异的刘亚男，眼睛里充满欣赏的艾瑞克，还有说完这些话之后与艾瑞克对望着的王慧敏，嘴角显露出一丝倔强般的决心。

这是王慧敏第一次，公开在公司表达了自己的反对意见。

墙上的时钟秒针嘀嗒嘀嗒转着，窗外酷暑的阳光照进了十九楼的地毯，王慧敏此刻万分想念楼下便利店里的冰激凌。

八月

同学会

日历上已过立秋，但北京的气温却丝毫没有秋天的踪迹，烈阳依旧，燥热依旧，穿着露趾凉鞋的时候脚背依然会发烫，这大概就是"秋老虎"的意思吧。

今天的蟒蛇号难得有位子，隔着一个走廊俯望着母校的大门，王慧敏想起了传媒系微信群里收到的通知："本周六举行入校十周年纪念同学会。"老同学们在群里互相追捧，这个 × 总、那个 × 老师，大家讨论得十分热烈。点进去几个陌生又熟悉的头像，一看，还连朋友圈好友都不是。

原本在读书时就默默无闻的她，在步入社会的这七八年里，过着更加碌碌无为的生活。对于系里几百个人的大集体来说，王慧敏想，自己应该就是无形的吧。她不觉得落寞，甚至觉得这样才安全。要是被人发现自己普通无趣混得不太好的日子，那岂不是会更让人难堪。

尽管王慧敏脱离了主流价值观在生活，却依然摆脱不了这套体系的压迫和审视。这或许就是普通人的局限吧。

她自然是不想赴约的。

　　然而让她为难的是，对她有恩的系里导师严老师单独发了微信给她："慧敏，好久不见，周末你会过来吗？"

　　临近毕业时，像无头苍蝇一样各种碰壁的王慧敏，就是在严老师的推荐下才得以去了媒体网站工作。王慧敏不懂如何表达自己的感谢，只会在每年过年时发一个祝福信息。妈妈总是埋怨她"不懂人情世故"，对待主动帮助自己的老师也没有送过什么礼物。王慧敏本能地躲避着这一切。她没办法想象自己手提着东西给老师送礼的场景，也没办法想象和老师单独吃饭聊着天，哪怕对面是相当和蔼、朴实的严老师。尽管心存感谢，但实在无法在行动上有所展现。其实关于严老师，她了解得也很少，只是隐约听说她一直未步入婚姻，一个人过着简单的教学生活，这么多年来都还住在学校分配的教师宿舍。

　　王慧敏不愿意去同学会，还有一个原因，实在不想和老同学马鹏飞打照面。

　　那次营销会议之后，刘亚男把她找到小会议室，狠狠地批评了一通，大意就是说："实习生不懂事，你怎么也跟着瞎闹？客户就是客户，我们的工作只需要顺着客户心意拿到佣金挣到工资就可以了。公司不是你们发表个人审美和价值观的地方。"王慧敏听得出来，刘亚男的生气里有不少震惊，她惊讶于这个在自己手里像老黄牛一样干了三年的小姑娘，竟然开始反抗了。

　　"你也老大不小了，现在工作也不好找。"这是刘亚男撂下的最后一句话，就像一张警告的通牒，悬挂在王慧敏的脖子上。

　　她就算再麻木，也听懂了。

　　那一刻，她是有点悔意的。她毕竟没有艾瑞克那样的学历和家庭条件，她连反抗的资本都没有，还学年轻人的反骨，坐在冷气开得像冰窖一样的会议室里，王慧敏觉得自己快要变成一具冷冻的无人认领的尸体了。

是啊，就算经历了妇女节营销的舆情风波，那些装睡的人是永远叫不醒的。更何况，那样的厌女语录反复被市场证明可以带来更多的票房收益。天鹏影视出品的这部空降的喜剧片，登上了暑期档的第二把交椅，轻松破了十亿。

那天中午，王慧敏没有像往常一样跑去相隔几站路的便利店，而是找了家步行能到的。一边吃着日式番茄猪排便当，一边搜索着附近的美甲店。

陈子薇突降的那次会议里，让她印象最深的，是陈子薇那双纤纤玉手上的珍珠白色指甲。隔着一两米远的距离，王慧敏都能感觉到指甲的饱满和精致。如果要去同学会，自己灰溜溜的指甲势必得美化一下。虽然还没有下定决心是否赴会，但王慧敏已经开始物色合适的美甲店。

纯色、调色、款式任选……日式胶、法式胶、甲片……

每家美甲店的团购类目下面都充斥着相似的关键词汇，就连展示图片的那几双手或脚摆的姿势都是一样的。是啊，除了手指甲，还有脚部美甲。

店名也是，一看就是"美容美甲美睫"行业的。什么Queen美甲、小幸运美甲、AnnBeauty美甲、半夏美甲，还有一些带着看不懂的日文和法语的名字。

这让从没去店里做过美甲的王慧敏有些无所适从，该选哪家呢？

　　最后，王慧敏走进了一家满是落地窗的店。从外面就能看到，里面是纯白色的欧式风格：乳白色皮沙发、乳白色桌椅，还有乳白色花瓶里的白百合，气质和门口的店名也很契合：小巴黎花园美甲。

　　推门而入的时候，除了一阵让人发抖的强冷气，还有头顶上淡黄和白色贝壳风铃叮叮当当的声音，一股椰子香精的气味侵入了她的鼻息。

　　她站在门口，有些发愣，不知道该如何先开口。

　　一个穿着粉红色围裙的店员正在低头给乳白靠椅上的顾客手上画着什么，那位顾客有着发廊广告里的那种齐耳乌黑的短发，一身黑色，用左手指刷着手机，大腿上放着一只香奈儿的方胖子黑色零钱包。

　　前台坐着一位老板或店长模样的女人，听到风铃的声音抬起头来看了看王慧敏。短短两三秒揽客的眼神里充满了打量，嘴角很快露出礼貌的笑容："美女，要做什么项目？"

　　王慧敏被老板娘那对假睫毛下流露出来的那副"普通小客户"的眼神有些伤害到了，自己明明是来消费的，却要对服务她的人看尽脸色。

　　被引导到另一张乳白色靠椅上后，老板娘不知道又从哪里叫来了另一位粉色马甲围裙的小姑娘，先递上了一杯一次性纸杯装的柠檬水，又拿来两块摆满各种颜色指甲的展示盒子："想要什么款式的？这是色板。"

　　小姑娘捧着叫"色板"的东西像等待客人点菜的服务生一般

站在一旁，王慧敏望了一眼前台，老板娘正眯起笑眼用固定弧度的笑容望向这边，又很快比王慧敏更快地收回目光，顾自己的事情去了。

美甲店里安安静静的，只有音箱里隐约传来的钢琴曲，王慧敏有些不好意思，她其实早就在 APP 团购里看好了一款纯白色的美甲款式，可眼下要是直接说自己要团购，是不是会有些尴尬？只是稍加犹豫了一会儿，她就想索性豁出去了，在两个色板上选起"白色"来。

乳白、纯白、淡黄白、透明白……原来白色也可以被分出如此精确的不同。

见王慧敏在两个白色之间犹豫不决，小姑娘直接说："可以都试试。"

总算舒了一口气。

"89，a24。"小姑娘自言自语地看了眼数字，然后拿过来两瓶不同包装的指甲油。

一道乳白色在右手中指上被划出，另一道透明白色划在了无名指上。

"要哪个？"小姑娘把"您"字都给去了，直愣愣地盯着王慧敏，像是催促她赶紧做选择。

接下来才是正经的工序。

小姑娘端来一碗温热的水，把王慧敏两只手放入，然后又提起来，抹上有薄荷味的磨砂膏，用她自己的手指腹揉搓着王慧敏的十根细长嫩白的手。她的手指上是长出一截的黑色甲片，上面还有一颗银色的小钻。

这样长的指甲，别说正常生活了，还能工作。王慧敏内心生起了对眼前这个看起来刚成年的小姑娘的佩服。

她继续拿出了修甲套装，一只一只手指磨着死皮，然后修剪甲型，再磨出平滑漂亮的弧度。

"放松，放松。"小姑娘不时停下来抬头让她的手指别这么紧绷，王慧敏却很难管理住自己。一旁的香奈儿顾客倒是放松，这会儿已经开始靠在椅子上打起了盹，全权把双手交给了陌生的粉红围裙小妹。

王慧敏则不是，她看着小姑娘娴熟地操控自己的手指头，整套流程比她想象的还要漫长。

终于进入涂色环节了。一双手涂完之后，就被放进一个有亮灯的小罩子，那一刻指甲有些发烫，她本能地缩了一下手指。"别动。"小姑娘此刻的权威，就和小学老师似的。

王慧敏放弃了提心吊胆的抵抗，房间里虽然凉快，她却希望赶紧完成。她环视着这个开放式的美甲店，天花板上是两盏水晶玻璃吊灯，墙纸是那种 Tiffany（蒂芙尼）蓝色，看得出来，店主努力打造的是一种混合欧洲宫廷风格的舒适空间。王慧敏看着吊灯垂下的一丝琉璃，想着下午上班快要迟到了。

又是一阵风铃的响声，一个穿着 JK 水手服的长腿女孩走了进来，前台的老板娘噌地站了起来，突然变成一张殷勤的面孔："我的雪子大小姐，你终于来了。"

雪子轻盈的声音填满了蓝白色的美甲店："慧敏姐姐！"少女跳着走了过来，水手服的裙摆像藏青色的蘑菇一样。不是在写字楼的面试间里，不是在便利店的收银台边，在美甲店里的雪子又换了另一副模样，不变的是她的古灵精怪。王慧敏也不知道，这个○○后少女还能给自己多少惊喜，干什么都好，忘记那些不开心的事情就好。让她有些心安的是，雪子又对自己开放了朋友圈，已经冰释前嫌了。

"雪子。"

"嗯，透白色，有品位。"

"雪子，你朋友呀？"老板娘端来一杯柠檬茶，亲自递了上去，"今天看看想做什么款式。"

"彩色的。"雪子翻着手机的照片，"这个，每个手指都不一样，我想要夏天的感觉。慧敏姐姐，你看这个，好看吗？"

"好看。"比起指甲的颜色，雪子自然地靠近自己的长辫子脑袋更让王慧敏觉得舒服。

"好了。"这么说着的小姑娘并没有打算把双手还给她，而是又把手浸入水中，用毛巾擦干，又抹上了厚厚的护手霜。这一回，是和店内空气一样的淡淡的椰子味道。

透白色的十指显露在眼前，老板娘也不知道什么时候走到了身边："可真好看。"

王慧敏腼腆地笑笑，她不习惯有人这样夸自己。原来美容院里的服务就是这种感受啊。她不想再让店里的人看出来自己的生疏："买单吧，多少钱？"

"二百六十九。"报价的声音，总是特别爽快。

嗯？王慧敏心里一咯噔，团购上显示只要一百一十九。老板就像看穿了她心思一样，娓娓道来："团购的色板和刚才你选的色板不一样，这种透明的高级日式胶，纯色是二百六十九价位的。"

"王姐，我的朋友你不打折呀？"

"好好好，谁让你这个大小姐是 VVVIP 呢？八折。"

"谢谢了，雪子，我先走了。"王慧敏几乎不敢看向她们的眼睛，扫了码之后匆匆逃离了店铺。

把那串贝壳铃铛声扔在了身后。

气喘吁吁跑进公司写字楼时，已经是两点半了。

王慧敏没有先回到自己的工位，而是去了洗手间。她看着镜子里自己那张在太阳下闷出的有些发红的脸，还有那张脸上普通的鼻子、嘴巴和没什么神色的眼睛。用手整理头发时，镜子里出现了透白色亮晶晶的指甲，她的目光始终移不开自己的那双手。

周六的同学会聚会地点就在学校的留学生餐厅，组织者包了一个毕业时才用过的大包间，能同时容下六桌人。包厢门口甚至还挂着一条红底金字的横幅：11 级新传系研究生班十年记。那阵仗和小镇婚礼差不多。

王慧敏穿着一身黑色，黑色短袖和黑色西便裤。她没有什么正装，这套就是她在正式场合会穿的行头。黑色，总是能掩盖很多东西。在一众 Gucci 酒神包、香奈儿 CF 包、BV 手拿包、Celine 腋下包之中，王慧敏几乎是少数几个双手空空的女同学。她找到了以前室友在的那一桌坐下，和本就不太熟识的系里同学尴尬地打着招呼。

女同学们在互相夸着包好看、种的睫毛好看，脸很精致医美是在哪里做的。男同学们互相拍着肩膀，聊自己的项目，并且大声说话，假装谦虚地说自己"混得不行"。而事实上"混得不行"

的王慧敏则用手指紧紧捏着红酒杯的杯柄，没有人注意到的透色美甲在水晶灯下隐了形。

大概是有几位还带了自己的夫人或女友出席的缘故，开宴之后大家的话题突然从怎么变美怎么挣钱转到了怎么进好的幼儿园、兴趣培训班有多贵、双语学校课程太紧等等这些育儿事情上。突然有哪个不知好歹的同班男同学问了句："哎，慧敏，你也结婚了吧？""对啊，慧敏，好像没见你朋友圈发过啊。"

男朋友是老乡，在互联网公司工作，是个程序员，总是加班，"还需要再考察考察。"王慧敏不慌不忙地，像面试背诵简历一样说着她编造的这位"男友"。两双透色指甲僵硬地摆在餐桌上。

她早有准备。全年级三百来号人，全班六十个人，不算那些已经离异的，大概只剩下两三位还从没结过婚。有一位很能干的女同学毕了业就又去美国深造博士了，大家在背后说起她总是主动为她开脱："女博士，眼光太高了。""她肯定不是找不到，还没到时候呢。"还有一位男同学，听说家庭比较贫困，但本人一表人才，毕业后考进了中央部委，也在王慧敏那一桌。其他人问起他感情的情况，王慧敏明显感觉到那位公务员男同学有些紧张得出汗了："还没。"

"哎，不着急。""就是，等你们单位分了房，找个对象分分钟的事情。""就是，以后就是傅处、傅局了，还会愁这个。""来，我们敬傅局一杯！"

到了王慧敏这里，气氛就不太一样了。一桌子眼神齐刷刷地看向了她，就连身边几年不联系的前室友也是。好奇，同情，看热闹，什么样的眼神都有。

等王慧敏把自己男友的情况介绍完，听众堆里似乎对这样的"标准答案"还有不满意的："长什么样啊，让大家看看呗。"

完蛋了。照片。王慧敏没有预料到这一点，透色指甲默默放到了桌子底下。

她已经努力让自己"隐形"了，但她不知道的是，自己的"隐形"愈加彰显了自己的异类。在人群中被视为异类是多么危险的一件事啊。正常上学、工作、晋升、结婚、生子的人，是多么热衷于把与自己不同的异类挖出来，公开考问。

像她这样一个普通平凡的女孩，如果老老实实随大流早点儿结婚，在这种聚会的时候顺势和旁边的女同学抱怨一些不听话的儿子和不回家的老公，再讨论一下朝阳哪家美容店会员卡划算，崇礼滑雪场哪个教练靠谱……然后她们的对话就会淹没在这个包厢的各种分贝里，消失在分秒转动的时间里。

可她没有结婚。三十三岁了，还没有结婚。

这是多刺眼的怪物啊。

"慧敏男朋友我见过，帅气又踏实。"拯救王慧敏的，是很多年不见面的严老师，王慧敏感激地看着她，就像十年前一样，严老师总在她不知所措时挺身而出。除了头发丝里流露出几抹灰色，眼角有几条几乎不可见的细纹之外，严老师几乎没有变。

原来一辈子待在象牙塔里，是可以躲避时间的残忍的。

全体同学都开始一一向几位老师敬酒，王慧敏的男朋友终于成了没人会记得的上一秒的谈资。

一轮又一轮过后，王慧敏像是鼓起勇气般，又走向了严老师。

"慧敏，你还好吧？"

"我挺好的。谢谢严老师。"

"现在在哪里工作？"

"紫罗兰影视集团下面的营销公司，做影视宣发。"

"紫罗兰影视……"严老师扶着她的左肩，若有所思的样子，"我有一个老乡，也在那里。你可能认识，叫刘亚男。"

"刘亚男……总。"王慧敏惊讶于圈子的狭小，可眼前和蔼朴实的大学教授，确实很难和公司里那个人精上司联系在一起。她才想起来，严老师也是河南人。

"我们小时候一起长大的，来了北京以后也会偶尔联系，如果你有需要，我可以和她打声招呼。"严老师说起这些的时候，神色特别自然，王慧敏能觉察到两位姐姐辈老乡之间那种惺惺相惜的情结，"亚男人不坏，就是有时候太上进了，她一定很严格吧？"

"没有没有，工作严格是应该的。是我、我的问题……"王慧敏欲言又止，还是没有说出口。

严老师就像看穿了她的心思一样："想平平淡淡过普通日子没有什么错。"老师温暖的手把王慧敏有些冰冷的手指捏在手心里，轻声凑在王慧敏耳边说，"结不结婚，上不上进，快不快乐，都和别人没关系。"

严老师棕色的眼睛里，如此平静，又如此坚定。她穿着深色碎花裙，黑色过肩的头发披在连衣裙的领子上，平和地微笑着。王慧敏从未感受到过如此有力的力量，温柔的力量。

"严老师！"一阵狂傲的笑声逼近，是梳着大背头、穿着亚麻立领粉色 polo 衫、还挺着个啤酒肚的马鹏飞。

"鹏飞，你又上升了一个重量级啊。"

"严老师，您还是这么幽默。我先敬您一杯，您随意！"

"你客气了，老师祝贺你，公司很成功。"严老师不卑不亢，也举起了小小的透明白酒杯。

"我呀，没有做艺术的命，但是电影这玩意儿竟然当商品做也还不错，我再敬您一杯！"马鹏飞显然有些喝多了，被两边的其他男同学扶着，他看了一眼王慧敏，眼光都没有在她身上多停留一秒，显然已经不记得这个相貌平平成绩也平平的女同学了。

"哎，马总，我再和你喝一杯。"

"马大制片人，真是好福气啊。电影十亿，老婆又和仙女似的……"

"哎呀，马总结婚了还不通知大家？是哪个仙女搞定了我们马总？"

和所有中国式的同学会一样，那个最有钱或最有权的人，往往成为了众人围绕敬酒的焦点。马鹏飞虽然被灌得团团转，还是全脸通红酒气熏天地补充了一句："订婚，订婚。"

看着马鹏飞那个被人搀扶着的粉色立领，王慧敏很难把眼前这个像中年一样油腻也不做身材管理的土老板式人物和像贵妇一样精致高傲的陈子薇联系在一起。更难以想象的是，陈子薇比马鹏飞生理年龄还大快两岁。

看来，比中国女人年龄更让人难以捉摸的，是中国男人的年龄。

王慧敏更没有想到，那天晚上她还会和陈子薇相见并且相认。

中年人的聚会，一到九十点钟，无论男女，都会陆续收到家属的电话和微信："什么时候回来？"王慧敏自然没有这样的烦恼，但想到晚了也不好打车，她也就跟着大部队散了场。大家步行到了停车场，马鹏飞已经醉得有些不省人事，必须要三四个男同学扶着，一辆开着闪光灯的黑色房车里下来一个穿着粉色套裙的女人，是陈子薇。

王慧敏几乎下意识地往后退了退，她不巧正跟在马鹏飞后面，实在不想被这位"仙女"当众认出来。

晚上越黑，停车场却越亮堂。

"慧敏，是王慧敏吗？"一声尖刻的女声荡漾在停车场里。

紧接着高跟鞋走近的声音和刺鼻的香气，一只比自己还冰冷的手握住了自己的右手："也太巧了，慧敏。"几乎不等王慧敏反应过来，陈子薇就得意扬扬地拉着她那个醉得脑袋下沉的未婚夫，"鹏飞，这就是我和你提起过的发小，他们公司给咱们做宣发来着。是不是，慧敏？也太巧了。"

"没想到你们还是同学。"说同学这两个字的时候，陈子薇狠狠看着王慧敏，仿佛带着警告的意味。

"哎呀，缘分呢，嫂子和马哥……"

还不等那些随从附和完毕，陈子薇就拖着马鹏飞进了房车，就在王慧敏长舒一口气以为一切都要结束的时候，陈子薇突然扒着黑漆车门喊道："慧敏，有空我给你介绍对象啊，你妈都和我妈说了好几回了。"

静谧的停车场里，陈子薇的声音就像银针一样刺耳。

二十年了，她还是什么都没有变，总是可以轻而易举地毁掉别人好不容易建立起的一丝丝自尊。

王慧敏不记得自己那天是怎么回到家的了，她甚至都没有注意到严老师关切地给她发了几条语音微信，同学群里的照片一张都没有勇气点开……

躲在自己租来的小房间里，把自己闷在被子里，破空调的声音轰轰响，王慧敏的眼泪沾湿了枕头，慢慢地，唏嘘声越来越重，她终于放声大哭了起来。

没过几天，哭的人就成了陈子薇。

那天中午快到饭点儿时，公司里突然一阵骚动，王慧敏的微信群里也开始有人转发一条八卦："当红小花夜会大佬制片人""三十个小时未出门！小花成小三？"王慧敏点开微博热榜，尽管照片和一段小视频被打了模糊的马赛克，还是能看出来那个大肚腩大背头就是马鹏飞。

"陈子薇……"王慧敏的第一反应，是这位老同学。是马鹏飞发现陈子薇比他年纪大了吗？很快她又觉得自己刚才好幼稚，像马鹏飞这样年轻时就习惯拈花惹草的人，怎么可能满足只有一位仙女相伴呢？

虽然暑期档已经接近尾声，但马鹏飞制片的电影毕竟还处于上映期，这条花边新闻显然属于"舆情"，王慧敏很快整理了一下情况准备向小屋内的刘亚男汇报。

油腻的张畅火急火燎赶到西边办公区了。

"刘总！""小丁！""小王！"

看来张畅心是真急了，平时一口一个小美女、小慧敏，到了这种负面新闻满天飞的关键时刻，总算是正经了一回。

"刘总，这热搜必须撤。不管付出多大代价都得撤。"

刘亚男见到这条八卦曝光的反应有些出乎王慧敏的预料，她既不着急也不怠慢，而是语气里有些愤怒。

"撤热搜？张总，我们只是做宣发，不是开微博。再说了，一个男人自己出了轨，还要自家公司花钱撤热搜？"

"马总是我哥们儿，这个忙，我们这次必须帮……"张畅说着说着就从刚才的硬气指使的语气压低了声音，好像出轨心虚的人不是马鹏飞而是他一样，"他们接下来还有好几部潜力爆款，都会给咱们公司做……他只是制片，不是演员，出轨嘛，算不上什么黑点，赶紧压低负面范围就行了。"

出轨算不上黑点。果然油腻的人都有畸形的价值观。这种话，也只有同为男人的张畅能说得出口。王慧敏愤愤不平想着，发现刘亚男似乎和她一样莫名地在生这种出轨渣男的闷气，不像平时行事稳重、情绪稳定的样子。

"既然是撤，张总你的渠道发力就行了，我们宣发组可帮不上忙。"

"刘总，你这样说就过分了。负面舆情处理也是宣发整体的一部分。再说了，压低热度的同时需要生产大量水军和营销号的文案，得你们组……"

"处理负面舆情不在合同里。我需要请示王总。"

张畅听罢瞪大了眼珠子。"王总同意了，你不出力没关系，你把小丁、小王都给我用，都先别吃饭了，开始工作……"张畅指着站在两旁的丁俊山、王慧敏和艾瑞克，开始直接点人头。

刘亚男盯着他，那眼神凌厉而让人发寒，仿佛在说："你敢动我的人？你是宣发组的总监吗？"

那一盯，张畅也犯怵了。

"我要先给王总打电话请示。"刘亚男回到小隔间，打起电话来，"王总……"

听起来，电话那头正在出差的王总没有给刘亚男太多说话的机会，也可能是刘亚男说话声音太低，王慧敏在外面几乎听不到谈话内容。

"小丁、慧敏、小艾，你们先协助张总处理好。"刘亚男对着下属说这些的时候，显然是带着愤愤不平的不甘。

"早这样不就得了！"得了理还不饶人的张畅这时候突然拽过王慧敏的手要往会议室走，王慧敏厌恶地狠狠甩开："我自己会走。"

张畅露出让人恶心的邪恶的笑容，顶着越来越稀少的头发大步向前走去。

"亚男姐，我们是不是要先了解真实的情况，再做处理？毕竟，这是一个负面新闻……"听到这些话，王慧敏知道，艾瑞克又在较真儿了，她把他悄悄从刘亚男身边拉开，"这个舆情，我们来处理就可以了……亚男姐心情也不好。"

"我可以不碰，那慧敏，你做这些心里就不难受吗？"

王慧敏看了看这个犯轴的年轻人，气得不想理睬他了。

西边开始忙碌起来，艾瑞克一个人站在十九楼的走廊尽头，隔着百叶窗望着白天的三元桥发着呆。

事情处理完之后，据说刘亚男又在王总出差回来后告了张畅一状，指责他不顾公司形象给八卦新闻"擦屁股"，暗示张畅私下收了好处。而王总呢，则是在老板椅上摸了摸小胡子，微微一笑："亚男啊，别太上纲上线，男人嘛，没有不犯错误的时候。"

这句话一出，在职场里把脸皮练得再厚的刘亚男也忍不住又羞又恼。

"你别把私人情绪往工作里带。我以前以为你和其他女同事不一样，特别欣赏你……"

在王总办公桌对面椅子下的地毯里，是刘亚男用高跟鞋狠狠踩下的印记。

陈子薇未婚夫出轨这件事，王慧敏还在电话里告诉了汪梅。本以为对方会笑得直拍大腿，但是汪梅只是淡淡地说："哦，男人没一个好东西。"这样的回复让原本有些幸灾乐祸的王慧敏也觉得有些没趣了。陈子薇是挺坏，心眼也多，还欺骗马鹏飞年龄，但在她和马鹏飞的这段感情里，也算是个受害者吧。

洗碗的时候她突然想起了什么，点开已经加了好友却一句话没说的陈子薇的朋友圈，"仅一个月可见"。都是些晒包包和喝下午茶的自拍照。中间停发了七天，正好是从偷拍曝光那天开始的。最新的一条是今天发的，秀的是一只闪耀的钻戒，文案是："老公送的纪念日礼物。"

王慧敏瞬间退了出来，继续戴上橡胶手套，在水龙头下唰唰地洗着盘子。

在谁都看不到的黑暗潮湿的水管里，几只黑暗世界里的蟑螂正在搬家。

八月快结束的时候，王慧敏发现一号线可以直通家附近到达的那一站了。坐在一号线上下班的那晚，她收到 APP 里推送的新闻："北京一号线、八通线于今日起贯通，通州乘客告别换乘时代。全长达到五十四点四七公里，运营全程用时为八十五分钟，早高峰期间最小行车间隔一分四十五秒，晚高峰最小行车间隔二分二十秒。"

又是精准的数字。

竹叶青驶出地面，从四惠这站开始，像从土里扒出一条路的蟒蛇，驶入了路灯的微光之下。王慧敏还是站在蛇尾，紧贴着这条蜕变之后的蟒蛇，一同钻入了东方的夜色里。

九月

"你好，我是王慧敏"

紫罗兰集团公司开运动会的这天，北京的气温一下子降了十摄氏度，但树叶子依然是绿油油的，丝毫没有从夏天走出来的意思。

区运动场的看台上，王慧敏和其他几个要代表营销子公司上场比赛的运动员一起被安排坐在第二排，披着组委会临时发的运动外套，手里捧着人事经理发的热乎乎的姜茶，在摸不着方向的秋风里被吹得头发乱飘。艾瑞克很自然地替她捋了捋头发，王慧敏的耳根儿都红了，好在没人注意没人发现，她在心里这样默默想着，突然与站在邻近跑道上往这里观望的刘亚男对视上了。

刘亚男的眼神仿佛可以看穿王慧敏的心思。

但刘亚男很快转移了视线，又故作轻松往上跑，到了王慧敏和艾瑞克跟前，拍了拍两个人的肩膀："你们俩，都好好比。"

"慧敏，你过来一下。"

王慧敏跟着刘亚男走到观众席的最高处，正好俯瞰着整片运动场。不看不知道，场子里几乎坐满了集团公司的一千来号人。一些田径赛事已经开始，运动场里不时传来播音员念稿一样的加油声，看上去年纪也不小的同事们，换上了运动服在短跑赛道上往前冲着。

"一会儿，好好表现。有机会的话，也和领导提一下你是宣发组的。"

那股风不知什么时候散去了，取而代之的是初秋不甘示弱的太阳，这会儿正好卡在刘亚男浓密眉毛和假睫毛之间的粉底里，晒出了油光和小褶子。看着她眼角边藏不住的鱼尾纹和她眼神里命令式的期待，向自己的主管表示："知道了。"

"哎，"刘亚男在离开时又突然回过头，"万一，我说万一真到了决赛，你可不能让领导输啊。"说毕，又是一个意味深长的笑容，略显亲昵地摸了摸王慧敏的后脑勺。

王慧敏正好站在刘亚男的影子里，直到她沿着观众台走下去靠到了王总的旁边，像甲虫阴影般的影子也一点点离去。

"现在公布男子100米决赛成绩，第三名紫罗兰地产销售经理王××，第二名紫罗兰文化运营专员李××，第一名紫罗兰总公司集团总秘办申××。"

王慧敏没记错的话，总公司总秘办的申总监都五十岁了，不知道是真的自己宝刀不老，还是和他赛跑的人在用脑子跑步。

她弯腰系好脚上防滑球鞋的白色鞋带，被太阳晒后发出了刺烫的温度。

又有人的影子遮住了她，是一双男士皮鞋，王慧敏同时闻到一股刺鼻的古龙水味道，有不太好的预感。

果然，一抬头，是张畅的那颗长出了一簇黑毛的大痣以及没剩几根还被捋成一团的油腻头发。从王慧敏的角度，还能看到他发黄的牙齿，以及他那眯成一条线、不怀好意的眼神，实在让人反胃。

王慧敏几乎下意识地站了起来，一阵眩晕，差点儿没站稳，被张畅发汗的手心一把抓住手背："别着急啊。"

王慧敏用力一把甩开他，眼神里带着恨意盯着张畅那副金丝框眼镜背后的冒犯，牙齿咬得紧紧的，不发一言。

"呵，开不起玩笑啊。"这样说着的张畅，正在用眼睛扫射着王慧敏运动外套里面的紧身吸汗乒乓球服，"没想到，你还挺有料啊。"

广播里放榜的声音再次充斥着整个运动场，《欢乐颂》的音乐响了起来，没有人注意到这个看台最上方的角落里正在发生着怎么样的对话。

如果可以，王慧敏真想用球拍打这只臭甲虫的头，或者索性一脚把他踢下去让甲虫在跑道上滚成一团最后被人踩死。

而那一刻，她只能咬紧牙关，瞪着他："让开。"

哪怕只是这两个字，也使出了王慧敏所有积累的勇气和力气。

"呀，真发脾气了啊。"此时的张畅越加嚣张了，索性两脚敞开，拦在了台阶上，"我要是不让呢？"

阴影下的王慧敏，气得几乎要发抖。

就在她嘴唇颤抖脑子一片空白的时候，突然听到从下面传来的叫喊声："慧敏！王慧敏！到你了！到你了！"

是刘亚男，正拿着一个红色大喇叭朝她大喊。

整个营销公司坐在观众席的同事都齐刷刷地看向了那个角落，包括焦急得已经站起来的艾瑞克。

王慧敏乘势推开了张畅，逃走了。

"没事吧？"艾瑞克已经挤到过道上，拿着羽毛球拍，关切地看着王慧敏。

刘亚男也走了过来，再次嘱咐她："好好发挥。"说完也眯起眼睛意味深长地瞪了一眼上方的张畅。

整个紫罗兰集团只有八位同事参加的乒乓球女子单人赛，实行淘汰赛制，也就是说，要拿冠军的话当天要打完三轮比赛。

一眼看下去，王慧敏似乎是最年轻的选手代表了。有一个扎着马尾辫画了眼线和眼影看上去与她同龄的姑娘，在等候的间隙主动和她聊了起来："哪个业务部门的？你也是接受领导任务来的吧？"

马尾辫姑娘像查户口似的向王慧敏挑了挑眉毛："看，那边那个黑色盘发、戴着眼镜很有气质的就是热爱乒乓球的大领导了。"

在她的指点下，王慧敏看向了裁判那侧被几个同样参赛的中年女同事——她们看上去都是刘亚男的年纪——围着的人，看上去五十出头，但身形保养得很好，小腿修长有肌肉，平时一定是有在健身的。握着球拍的手指上做着简单款式的法式美甲，嘴角礼貌地上弧应付着上来讨好自己的选手员工。透过人群，这位女董事向望向自己的王慧敏投来问好的目光。

王慧敏受宠若惊，也毕恭毕敬地起立向她点头致意。

就在刘亚男赶到她身边想拉着她去问好的时候，裁判吹响了哨子，第一轮淘汰赛开始了。

根据抽签结果，王慧敏先和马尾辫姑娘对垒。

不到二十分钟，王慧敏就结束了比赛。对面的马尾辫姑娘气喘吁吁，满地捡球，一共才得了五分，"你……"她涨红了脸，无奈地朝王慧敏竖了大拇指。

王慧敏挺不好意思的，擦了擦汗回到球馆的板凳上休息，有一种还没开始热身一切都结束了的感觉。

一瓶冰水递了过来，她抬头，是笑盈盈的打完球后依然优雅、淡定自若的那位女董事。虽然微笑着，依然有一份老板的威严在。那份气势让她不由自主地起身，双手接过，磕磕巴巴地道谢。

"老师傅打在棉花上的感觉吧？"女董事倒是很自然地坐了下来，隔着一小段让人舒适的距离。

王慧敏像遇故知一样点着头，又觉得还是得保持谦虚态度才行："她们可能没有什么经验。"

女董事忍俊不禁笑了起来："我看了你们五分钟啦，你已经很慈悲地给她喂球了。"

王慧敏注意到已经没有什么汗意的女董事，看来她的对垒结束得比自己还早，从小到大都不懂甚至躲着领导和老师的王慧敏不知道该如何继续与女董事对话下去。

"你也是邓亚萍的球迷？"

"您……您也是？"

"我看你发球姿势就知道了。"

"嗯，小时候和妈妈一起跟着录像带练……"

"哎呀，慧敏。你真棒！"刘亚男的声音突然在耳边响起，她像拉着自家闺女一样牵着王慧敏的手，然后又很快地像假装才看到女董事一样，"沈董，您也在啊。这是我们营销公司宣发组的王慧敏，我们组的得力干将。我是刘亚男。"

女董事看着刘亚男演戏的样子似乎并不意外，她没有一丝迟疑地主动伸出手去和刘亚男握了手："你好。"同时转而对王慧敏说："你好，慧敏。"

王慧敏哪里见过这样平易近人的老板啊，她以为的老板，要不是像刘亚男这样只知道拉着自己加班关键时刻不会保护自己，要不是像王总那样每天除了自家的狗公司业务都理不清的大肚腩。而眼前这位只在同事们传说里和公司官网里出现过的沈董，却如此优雅，如此亲切，就和观音菩萨似的。

可王慧敏那时候也只顾着说："您好，沈董。"

"沈董，我刚才在场边正好拍了几张您比赛的照片，特别飒爽，方便加个微信我发给您……"刘亚男已经半跪在休息的长椅边，仰着头和女董事讲话。王慧敏站在一旁，看着眼前平日里高高在上的上司，忽然觉得有些丢面子。

裁判的一声哨响。决胜四人组和失败四人组分别进入下一轮的淘汰赛。

这回对垒的是一位四十出头的女同事，看样子是练过一阵，王慧敏用了四十分钟结束了这场比赛。

另一侧球桌上的女董事，还在与对手拼球。

球服短袖短裤里的女董事，个头虽小，却能灵活地顺应着球的方向左右来回移动，接住球后还会像给自己打气似的喊一声。专注打球时，她的仙气不见了，只剩下眼神里的专注，让王慧敏想到了一直在跑步机上的艾瑞克。临到赛点，在对方没有接住时，她右拳一紧，YES！在那个任盘发肆意挥洒的背影里，王慧敏仿佛看到了年轻时电视机里的邓亚萍，又好像是那个在柴棚里搭的简易乒乓球台上兴奋地打着球的妈妈。

赢了比赛的女董事显然很高兴，一下场就迫不及待和王慧敏击了掌。

"这下就看我们了。"女董事的秘书火速递上来水和毛巾，扶着她去椅子上休息。刘亚男拍了拍王慧敏的肩膀，然后自然也跟了过去。

只留下王慧敏一个人在场边。淘汰组的两组还在互相对垒，她看到马尾辫和另一个水平不相上下的女同事互相胶着，大声喘着气，又着腰，慢吞吞地捡着球，显然是体力不支了。

球场的另一边，王慧敏突然看到了艾瑞克正在羽毛球网前大力扣球。看样子，他也厮杀到了第二轮。羽毛球场边，聚集了不少给他加油的其他子公司的年轻女同事。王慧敏犹豫了一下，还是没有走过去。

经过两轮比赛，体力被消耗了一半，很多年没有这样比赛了。她看了看时间，打算做一些伸展和拉伸运动让肌肉松弛下来。

做压腿的时候，一根牛肉棒递到了眼前。

是浑身湿透的艾瑞克。

"谢谢。你打得不错。"

"这下就看我们了。"不知道为什么，艾瑞克说话时眉宇间那种孤注一掷又带着礼貌的样子，让王慧敏想起方才的女董事，"这下就看我们了。"好像连语气都一样呢。

"参与第一。"王慧敏啃着牛肉棒，咕咚咚地喝着水。体育场馆里闷热，闹哄哄的，她却觉得很安心。她流着汗，心脏也怦怦跳，心里却很舒服，很久没有这样自在了。比赛的感觉，赢的感觉，和男生在一起喝冰水的感觉。

如果不是遭遇张畅恶心的骚扰，这该是多美好的一天。

"刚才，在户外观众席上，张畅没对你怎么样吧？"

"没、没有。"

"我看你脸色不对劲。"

"没事啊。"王慧敏把水喝完了，摆弄着塑料瓶子。

又是一阵哨声。

艾瑞克起身往女董事那边看了一眼，对王慧敏说："我走了，加油！"

"加油。"王慧敏也站起身来，摸了摸手上这副红色球拍。

"让我们开始吧。"女董事也来到了她身旁，微笑着看着她，伸出了右手，与王慧敏冰冷的手紧握着，是一双和妈妈一样温暖宽大的手啊。

这场比赛持续了将近一个半小时。要不是那根牛肉棒的蛋白质力量支撑，王慧敏几乎要低血糖倒下去，太久没有这样比赛了。女董事比想象中还要强大，球技也好，体力也好。

打球的时候，王慧敏觉得眼前的这个对手，让自己陷入了迷魂阵。她分不清是在小时候，还是在当下，抑或是梦境里。

接连扣球之下，王慧敏无法招架。她输了，她知道自己尽了力。

女董事似乎上前抱了抱她，刘亚男的声音在祝贺女董事，广播里是激昂的宣布冠军的声音……

后面发生的事情，她就记不得了。

只记得运动会过后的几天时间里，那一年北京的夏天就算彻底结束了，路边的树叶子也不知道从哪个时刻开始渐渐染黄。

王慧敏也开始换上了牛仔外套去上班。

刘亚男对她的态度也变得很奇怪，使唤她复印次数少了，对她嘘寒问暖多了。还有一天，专门在微信上问她："中午有没有时间一起吃饭？"

这是进公司三年，做了她三年下属，从未有过的事。

王慧敏的回答自然是："有空。"

那家日料店是三元桥这一带有名的白领食堂，刘亚男提前订了一个私密小包间的位子。盘腿坐在木质榻榻米包厢里，王慧敏受宠若惊。

"想吃什么，我请客。"

"都可以。谢谢刘总。"

"叫什么刘总，其实叫我亚男姐就可以了。我和你们严老师是老乡，我也是才知道你是她的学生……哎，服务员，帮我点两份午餐定食，三文鱼和鳗鱼的，再来一个寿喜锅。"

看着眼前火速安排好一切的刘亚男，王慧敏心想，同学会过去快一个月了，严老师才和她说吗？毕竟这一个月来，王慧敏完全没有感受到刘亚男的异样，直到运动会结束。

"我一直很感谢严老师。"

"是啊，她从小就是个很善良的人。就是，一直单着。我也在检讨，我对你不够好，她的学生我应该特别照顾才对。你说，咱们是不是特有缘分。"

"别这么说，刘总。"

"亚男姐。"

"亚男姐……您挺，照顾我的。"说完这些客套话的王慧敏，心里长长舒了一口气。这顿饭，可不好吃啊。

刘亚男进入主题的节奏更快。"运动会那次，你很懂事啊。沈董很欣赏你，棋逢对手、惺惺相惜那种。"

"是我体力不行了，沈董是凭实力赢的。"

刘亚男哈哈大笑："我就说，你这个丫头平时看上去文文静静的老实样子，其实什么都懂，什么时候该赢，什么时候该输，什么时候该进退……"

王慧敏想辩解，说自己是拼了一百二十分的力气在比赛的，女董事的胜利完全是实力所致，与自己无关，但话到嘴边又咽了下去。有时候说的话不在于说话人怎么想，而是在于听话人想不想听。

想起刘亚男在赛场上对女董事殷勤的样子，王慧敏想她是不会相信自己的。在这间日料包厢里，王慧敏也彻底明白过来了，自己不过是刘总监向上爬的时候想要抓住的藤枝，就连乒乓球赛也是。和邓亚萍无关，和输赢无关，在刘亚男眼里，这一切只关乎晋升、薪资、权力。

"总之，你表现得很好。我呢，其实和你导师一样，都是大山里考出来的孩子。不过你严老师是学霸，清高，我呢，学习一般，但够努力。都是为了更好的生活嘛。你也看到了，我们这样的外地女人来北京打拼很不容易，成年人的职场从来就没有男女平等过。子公司也就我一个女高管，可是你看看那些男高管，哪个有我卖力、有我拼命？再说了你看看那个张畅……"刘亚男说到这里的时候，刻意压低了声音，"我也总听说，他手脚不干净，嘴巴也不干净。这些破事儿，多影响公司形象！但总公司那边不了解情况啊……要是这样的人当了副总，我们营销公司的女同事不都得遭殃了。"

刘亚男边说着，边把一块切好的三文鱼夹到王慧敏的碗里。

王慧敏吃着醋味的米饭，险些被芥末呛到。她只是默默吃着，不吱声。

刘亚男观察着王慧敏："其实我知道，你还没有男朋友吧？"

被拆穿的王慧敏只能麻木地点着头。

"哎，其实我早就看出来了。没关系，姐给你介绍。"刘亚男突然语重心长起来，"我们这种普通女孩，是没有太多选择的。最重要的，还是找个好老公。"

王慧敏应和着，始终没有说出自己不愿意相亲的态度："亚男姐，既然您提到了公司男女不平等的问题。其实有个事儿，我一直想问。"

"什么事儿？"刘亚男表情有些不自然，但还是流露出极大的坦然。

"我听说，公司男女同事薪资是同岗不同酬的？真的是女员工都比男员工低吗？"

被问到的刘亚男，眼神闪烁着："薪资的问题，我也不清楚，但我会去和人事那边核实的。你放心。"

这顿饭快结束的时候，刘亚男像不经意间又提起了一个事儿："总公司投资的大项目《决战乒乓之巅》要锚定大档期了，这可是个 S+ 项目，如果到我们组了你感兴趣吗？对了，总公司正在号召全体子公司一起成立球类俱乐部，包括乒乓球、羽毛球这些，说是董事会提议的。你乒乓球这么好，到时候一定得报名。有时候啊，参加公司的俱乐部接触大老板们，比做了一百个项目都管用。"

那次午餐王慧敏机械地吞咽了所有的食材，烤鳗鱼在嘴里也都只剩下了芥末的呛味。但对职场再无欲无求的她，也明白了刘亚男的意思。在和汪梅转述了这一切之后，汪梅在电话里饶有经验地说道："她这是在邀请你上她的小船，现在船票给你了，上不上就是你的选择了。"

王慧敏靠在沙发上，想象着红色甲虫刘亚男在一条摇摇晃晃的小船上等待着自己，小核桃船在汹涌的大海上起起落落，海浪一阵又一阵总是险些把小船打翻。站在沙滩上的王慧敏，背后是一群虎视眈眈的甲虫。

"刚刚周会上，沈董亲自连线参加，亲自宣布，乒乓球的项目由宣发组来牵头。慧敏，这个项目麻烦你来主要跟进了。"周一中午前，神采奕奕的刘亚男从大会议室里走出来，等不及开小组会就在西面工位上告知了这一消息。

留下一脸惊异的王慧敏，突然变了脸色转过椅子去的丁俊山，还有仿佛早有准备的艾瑞克。

首个筹备会议也被紧锣密鼓地安排在了次日上午。

而首次失去项目总控权的张畅，离谱程度总是能超出凡人的想象底线。

陈子薇被行政接待进入会议室的时候，与张畅得意忘形像奴才一样伺候陈子薇成对比的，是脸都气绿了的刘亚男和憋着一股气涨红了脸的王慧敏。

"乒乓是天鹏影业联合投资的，我们陈女士也以个人名义入了股，今天请她来也是帮我们的宣发方案把把关。毕竟是大项目。你说，是不是，刘总？"

"一起给建议我们当然欢迎。不过乒乓的总制片人是集团的沈董，所有方案是需要她本人把关敲定的。"刘亚男自然是毫不客气，针锋相对，无论是张畅还是这个每次都把自己打扮得和去参加慈善晚宴贵妇一样的陈子薇，都不在她的眼里。

"刘总说得好，我们做投资嘛，票房结果永远是第一位的。"陈子薇说到这里，又把目光转向了王慧敏，"我和你们的慧敏是老同学了。慧敏，我看这个大案子的文案，具体就由你来执行吧。我放心。"

说话间，俨然一副甲方的姿态。

桌子底下，王慧敏死劲掐着自己的手指。

会议结束后，一行人正要把这位女祖宗送出公司，陈子薇突然大声对慧敏说："哦，我给你找了个更好的男生，这周末相亲别迟到了！"

那一瞬间，所有人都看向了满脸通红的王慧敏。

自己那么悉心守护的一点点自尊心，就这样都被撕掉了。陈子薇，从二年级开始到现在，你为什么总是如此容易去伤害别人呢？

整个人快要僵掉的王慧敏，站在电梯一侧，目视着陈子薇在张畅的陪伴下下了楼。电梯门合上的时候，王慧敏的左肩膀被什么人温柔地拍了一下，是刘亚男。

"慧敏，你有这么硬的关系，怎么不早说啊？"阴阳怪气发出声音的，是丁俊山。要不是刘亚男用"大家赶紧做方案"让他闭嘴，他肯定还会口无遮拦地说下去。

"刘总，这个项目，我做不了。"那天下班以后，等同事们都一个个离开了，王慧敏鼓起勇气走进了刘亚男正在奋力打字的小隔间。

刘亚男不可置信地看着眼前这个丧气的三十三岁女人。

"收回去，我当你是糊涂话。"

"刘总，我真的做不了。"王慧敏的声音压得很低，但很坚决。

"就因为你那个老同学一直欺负你、当众羞辱你？多大点事儿啊？王慧敏，我希望自己没有看错你。你不是不上进，不是不想做事，你只是不知道该怎么做。你活得太拧巴了。"

刘亚男说完这些之后，似乎也意识到自己的"真情流露"有些失态："我的意思是说，这是个好机会，千载难逢。做得好，你明年就能升策划经理。不需要再熬了，你明白吗？"

虽然王慧敏从未把升职和做项目联系到一起，但刘亚男的直白坦率让她吃惊。可总有些东西，比升职、加薪更重要，比如王慧敏的自尊心。

"刘总，我承认，我不想再和陈子薇一起开会。我真的没办法接这个活儿。"

"王慧敏，对于我们这样的普通女人来说，自尊心值几个钱呢？谁不想要有尊严、自由自在地活着？但要在社会森林里生存，必须遵守弱肉强食的规律，为了得到自己想要的东西，放弃一些原则，没有什么丢人的。"刘亚男一针见血，有些激动地站了起来，"给你一个周末，回去再想想吧。"

收起表情的刘亚男坐下以后，又钉在了自己的位子上疯狂地敲打着键盘，做起了凡人勿扰的架势，仿佛刚才的话就和"你去打印一下"一样自然。王慧敏迟钝地慢慢后退，转过头时却发现艾瑞克正走过这里，怔怔地有些同情地看着自己。我不需要同情。她在心里说。

"自尊心值几个钱呢？""放弃一些原则，没有什么丢人的。"刘亚男的话荡漾在王慧敏的脑子里，伴随着她挤上地铁，又顺着人群挤下来，机械地切菜、做饭，像行尸走肉一般。脑子里始终回荡着这句话：

"自尊心值几个钱呢？"

朋友圈里，王慧敏刷到了雪子，是她穿着围裙在一家奶茶店制作"手打渣男柠檬茶"的九宫格图片："本月小目标：一千杯！"定位竟然就是一家连锁茶饮的传媒大学店。

像小精灵一样的女孩，她轻轻点了一个赞。

周五晚上的时候，一阵急促的敲门声之后，王慧敏开了门，看到两样东西：一样是快递盒子，她网购的电子猫眼终于到了。还有一袋外卖，她有些疑惑地拿起袋子上的贴条看了看："黄焖鸡米饭，9幢1609。"

1609？她心里咯噔一下，她家是1508，这里一层八户，没有

09 房型的门牌号。王慧敏有些警觉地看了看走廊，什么动静都没有。她拍了一张照片，把外卖放回门边上，赶紧关上门，上了锁。

一个晚上过去了，王慧敏发在小区群里的外卖图片都没有人认领，这让她有些心慌。

"有人把外卖送错了。"

"送错了？"

"有写地址吗？"

"1609，可我们这里没有 1609。"

"有电话吗？"

"是一串加密的号码。"

"小哥昨晚有给你打电话吗？"

"没有啊，奇怪就奇怪在这儿。你说，不会是变态吧？"

"哎，你家那个小区，看着治安还可以啊。别害怕，猫眼装上了吗？"

"正在装呢。"

"你，今天真的要去相亲？"

"嗯……算是完成任务吧。"王慧敏和汪梅聊着，也把电子猫眼安装好了，现在只要有人出现在门口，她手机 APP 里的视频就会振动提醒。

"哎，有个人照顾你，也不至于总是一个人担惊受怕的。"

"嗯，看看吧。"

这个周六，她被安排了两个相亲任务。下午的公务员是刘亚男介绍的，约在了西单，喝喜茶。晚上的电信业务经理是陈子薇介绍的，约在王府井，吃的是四川火锅。

"你好，我是王慧敏。"

"你好，我是王慧敏。"

在家门口的穿衣镜前，王慧敏练习着语调和微笑的嘴角弧度。看着穿上长袖白色衬衫和黑色百褶裙的自己，憔悴得就像个超市里没人要的过期木偶娃娃。

镜子里的自己，有着让人绝望的伤感。

坚持了三十三年、活在自己价值观世界里的王慧敏，就要这样屈服了吗？

凝视着自己的绝望，让她近乎虚脱。

她把小皮鞋脱了，躺倒在沙发上，醒来时天已经黑了。

微信里，妈妈的语音来电不断振动着，王慧敏犹豫了一下还是接了。

"王慧敏，你说你，怎么给人家小伙子放鸽子？人家陈子薇好心给你介绍一个条件都很不错的，我看相貌也还可以的，你怎么又错过了？我告诉你，你再这样下去，你要孤独终老了。喂，你在听吗？喂？"

平日里的唠叨声此时聚集在耳边，就像不停绕着飞的蜜蜂和苍蝇一样烦人，王慧敏心里那个挤压许久的委屈终于爆发了。

"妈，我就说这一次。我不想结婚！不想结婚！不想要孩子！我努力考试、上学，就是为了过不用在乎你们眼光的日子！我不想像你这样，一辈子沉浸在被男人抛弃的痛苦里！我一个人都不会去见！"

像发泄般地吼完这些，王慧敏也闭上了眼睛，试图让自己冷静下来。

电话那头，妈妈突然也没有了声音。

母女俩，把手机搁在耳边，隔着一千多公里，只能听到对方隐约的呼吸声。

窗外，秋日的晚风袭来，呼呼吹着发黄的枝叶。热了几个月的北京，终于要凉快下来了。

十月（上）

说不的勇气

从九月下旬开始，每个星期三刘亚男都会让王慧敏准点下班，好让她在六点半赶到两公里骑车路程外的紫罗兰总部大厦，参加每周一次的集团乒乓俱乐部活动。

具体来讲，就是陪女董事练球。

要说陪，也并不全是。两个人虽然相差快二十岁，但大概都是"师从"邓亚萍的缘故，竞技水平旗鼓相当。不得不说，都是相当适合的练球的对手。要说不同，女董事的球风更沉稳，总是不疾不徐，习惯先热身然后在大比分落后之后憋着一股劲一路反超。被追分的王慧敏，常常会紧张得呼不出气来。就算如此，她依然挺期待每周的活动。

自从为了准备上次的运动会开启练球锻炼以来，王慧敏还减了几斤体重，对于三十岁之后就遭遇减肥"代谢瓶颈"的她说，当然是一个意外收获。毕竟，没有哪个现代女生会嫌自己太瘦。

还有一个让王慧敏对每周的乒乓球训练感到愉悦的，是自己和女董事之间在乒乓球桌上那种自然的关系。在这张球桌上，没有预算，没有方案，没有什么董，也没有什么策划专员，不谈公事，只顾让乒乓球在两人之间来来回回，神情专注。

哪怕是在那部国庆档大片突然被撤档之后，王慧敏也没被通知要取消例行的俱乐部活动。

那是长假返工后的第一个星期三。距离她们营销公司被通知撤档、换档过去了十天。看着媒体报道里蹦出来的"国庆档黑马"票房超三十亿，前几位的电影都把海报物料做得满天飞，王慧敏想起公司角落里那些写着老档期的废旧易拉宝，不怎么好受。

她很少会为工作的事情本身动情绪，但乒乓这部电影不一样。王慧敏是自己想清楚之后又去找刘亚男说要继续做这个项目的宣发的。她没有和刘亚男解释，自己不是为了升职，也不是为了保住工作，更不是丢掉了自尊心，大概仅仅是片花里那个头发里甩出了汗珠的背影触动了自己，抛开数据，她想和电影里的球员一样，拼一把，试一把。面对突然的撤档，王慧敏内心承受的打击可想而知，就像什么东西被砸碎了一样。

倒是女董事，依然和从前一样，几个亿的项目延后了，可她就像什么也没有发生一样，在入秋了依然开着冷气的室内球场里，和她点头微笑后开启了默契的对打。

狠、准，淡定中有股无人可挡的狠劲和决绝。

一个半小时之后，女董事用毛巾擦着汗，和同样咕嘟咕嘟喝着水的王慧敏说："我们做一个不一样的首映式吧。"

回家的地铁上，哪怕身在角落，王慧敏周围还是挤了一些八九点才下班的年轻人。

国庆档的电影海报在地铁的窗口飞速地飘过，她想着女董事的那句话。那么温柔的语调，语气却很坚定。

让她想起得知撤档消息的那天，大惊小怪的张畅和震惊不语的刘亚男。

没有什么比一大早就在工位区域看到张畅那张倒胃口的脸更令人恶心的工作日了。

"你听说了吗？"

虽然张畅像个野狐狸一样匍匐在刘亚男小隔间的挡板上，撅着屁股压低了声音，王慧敏还是在竖起的耳朵里听到了震惊的消息。

"乒乓要撤了。还没有官宣，千真万确。"

"不可能吧？这可是沈董亲自抓的项目，筹备了五年。"刘亚男的声音更低，还有些沙哑。

"天鹏那边也没辙，听说是体育局又有修改意见了。这下好了，我们大半年都要白干。等审查完，能不能赶上贺岁和春节档都不好说。"

能让两个职场对头如此一致地哀叹，也只有公司的命运这一核心利益了。

"还是等老板们的通知吧。"刘亚男始终是比张畅冷静些的。

那天的张畅，垂头丧气得都忽视了王慧敏的存在，自顾自地摇着头离开西区了。

在地铁里，王慧敏正抓着扶手，感觉到脚下有东西一直在踢着自己。她低头一看，是一个坐在爸爸鞋子上的小女孩，戴着一副用绳子连在一起的紫色小镜框，一边用手上的拍子敲着自己的球鞋，一边仰头偷看自己。

是一把粉红色的乒乓球拍。

王慧敏看了一眼把左腿让给女儿靠着、右腿敞开支撑地面的那位父亲，后脑勺都是白发，两只手都在手机上处理工作，还背着一个花仙子的小书包。

女孩冲王慧敏做了一个鬼脸，王慧敏也从帆布袋里艰难地掏出了乒乓球拍，在夹缝里做着挥手的动作。

"哇哇哇。"原本在捣蛋的女孩突然哭了起来。

王慧敏不知所措，挤出人群逃也似的提前下了地铁。

"今天怎么样？"手机里振动声果然来自刘亚男。自从乒乓俱乐部开启之后，每周三晚上九点半，刘亚男的问候雷打不动。她就像算准了王慧敏这时候应该到家可以和她"好好汇报了"。只是今天出了点小状况。

"沈董说，做一个不一样的首映式。"王慧敏斟酌了一下词语，最后把带引号的原话去掉。

"首映式？"

"是的。"

刘亚男回复了一个"赞"的表情，似乎是在欣慰王慧敏的这场"陪董事打球运动"总算有了点儿实际的作用，"赶紧想一想，明天我们开脑暴会"。

王慧敏本来想回，"可还没有定新的档期呢"，但以她对刘亚男的了解，刘亚男肯定会说："大老板都提要求了，先做了再说。"

"好的。"发送完这两个字，王慧敏又搭上了新来的这班地铁。

到家的时候，刘亚男又发来一条信息："首映式的事，先不要对其他人说。"

这个其他人，是单单指张畅，还是包括同样是自己组的丁俊山和艾瑞克呢？王慧敏琢磨不过来，也没有笨到去问主管的程度，机械反应似的又发送了那两个字。

　　早上还在电梯里的时候，王慧敏就收到了刘亚男给她的微信："你到公司了吗？先别上来。"

　　电梯刚好到了十九楼。

　　王慧敏看着微信，有些疑惑地走了出去。进了公司以后，恰巧遇到从大会议室里出来上洗手间的王总："小王，你过来！"

　　王总大腹便便地手一招，不耐烦地催促着王慧敏："快点儿，快点儿。"

　　有一个比王慧敏小十岁女儿的王总，一把揪住王慧敏的衬衫，像抓兔子一样推进了会议室："小王来了，你们问清楚。消消气。"

　　办公室里的中央空调关掉了，站着七八个人的会议室里空气不流通，闷闷的。落地窗外，是阴森森没看到太阳的秋天。

　　陈子薇的乳白色铂金包放在会议长桌上，包的一侧是它怒气冲冲却画着深紫色眼影的主人，当主人用手指着刚刚被推进屋的王慧敏时，耳朵上的一副珍珠耳环像打架似的摇晃起来。

　　"始作俑者来了。陈总，你消消气。"张畅不知道什么时候到了王慧敏身边，正要推着她往陈子薇那里送。

　　王慧敏本能地抵抗着，投屏上是娱乐新闻网页上的标题："天鹏影业老总新女友怀孕，疑旧爱隐瞒年龄分手。"

　　就在王慧敏挣扎的时候，刘亚男大声呵斥了一句："放开！张畅，我说放开！"

平时还尽量保持体面的两个总监顿时剑拔弩张，刘亚男一个箭步把王慧敏从张畅的手里夺了回来。

"好好说，好好说。"王总摆着手试图维持室内的秩序，然后悄然开门退了出去。

看到此幕的陈子薇更要发作了："好呀你们，主管护着下属，蛇鼠一窝。说，这消息是不是你们放的？"

激动的陈子薇索性向王慧敏走过来，投影的光线正好照在她脸上，"隐瞒年龄"。

刘亚男把王慧敏护在身后，受了惊吓的王慧敏咬了咬嘴唇，忍住眼泪，默默整理着自己的衬衫领子，一点点捋平。

"新闻不是我放的料。我只知道你比马天鹏年纪大，我不知道你老公的小三——新女朋友怀孕了。"说这些话的时候，王慧敏一个字一个字说得很慢还在发抖但却清晰，她盯着陈子薇慌乱的样子，有委屈但丝毫不显畏惧。"怀孕"两个字说完，更是直视着陈子薇盛气凌人之下乱了阵脚的眼睛。

"除了你，还有谁？"

"我说了，我不知道你老公的新女朋友怀孕了。"人生头一次，说起"怀孕"两个字的时候，王慧敏感受到一丝报仇的快意。

"你就是嫉妒我！我老公是影视公司新贵，有钱有资源，你三十三岁了连个男朋友都没有，还撒谎自己有个程序员对象，从小学开始，你就嫉妒我……"

歇斯底里的陈子薇，看来是已经被"怀孕"气昏头脑了。整个会议室的气氛也从刚刚的紧张莫名进入了一种看热闹的氛围，其他同事一副事不关己的样子。张畅求奶奶似的向陈子薇承诺：

"一定严肃处理王慧敏。"刘亚男严厉地反问："处理？你有什么资格处理慧敏，张总？"

就在两位业务总监针锋相对要开战的时候，王慧敏的脑袋嗡嗡响，用手指甲抠着自己的手心，皮都快抠破了。

小学时陈子薇领着全班对她的嘲笑，同学会时当众给自己穿小鞋，当着所有同事的面拆穿自己没有男朋友的事实……

真是受够了啊。

"我最后说一遍，你老公出轨找小三又怀孕的事情，我全都不知情，更不会爆料给媒体。我和你不一样，我珍惜这份工作，绝不会做出伤害客户利益的事情。另外，我和你从来就不是朋友。我们只不过是小学同学而已，二十年没有联系，以前不是朋友，现在也不是。还有，我是不是单身，有没有男朋友，你管不着。我建议，你先管好自己的老公，有余力再管别人吧。"

说完这些的王慧敏，心脏扑通扑通跳着。会议室里的所有人，包括陈子薇、张畅、刘亚男都惊得一时语塞。没有人见过职场包子王慧敏如此硬气的反抗时刻。

陈子薇气得手都抖了，话都说不利索了，她像是用尽浑身力气嘶吼着："王慧敏，你！租了一个五环外的破房子，还好意思说自己住在朝阳！"

房子……原本还是脸涨红的王慧敏忽然冷笑了一下，心里有一个声音响起：你是杀不死我的。

"是的，我单身，我租房子住，我住在东五环外两公里处，我需要换乘两趟地铁再坐三蹦子才能到家。这就是我的生活。我凭自己的工作实现的生活。你呢？坐着你老公的保姆车，住着你老公的大平层，背着你老公买的爱马仕，这些是你自己的东西吗？"

此时的陈子薇要不是被张畅拉着，恐怕是会冲上去给王慧敏一记耳光的。

但刘亚男和王慧敏都没有给她这个机会。

刘亚男把浑身发抖双手冰冷的王慧敏拉到自己身后，郑重其事地对陈子薇下了通知："陈总，事情已经很明了。虽然天鹏影业是我们的甲方客户，但您本人不是，您没有资格要求我们公司或员工去处理你们家的'丑事'。""张总，麻烦你把陈总请出去，不然我们要叫保安了。"

张畅指着刘亚男："好你个刘亚男，看我怎么收拾……我去找王总！"

而王总在去过洗手间后，早就坐了电梯下楼，让司机送去宠物店照看他家的狗宝贝了。

晚上十点半，在大望路站附近的万达电影院，雪子在茶饮店下班后拿着两杯柠檬茶一蹦一跳地和王慧敏碰头。"姐姐今天真好看。"

王慧敏被这个○○后妹妹整得不好意思了。

"我都听艾瑞克说了，刮目相看！"

下午雪子主动发来一个可爱的表情包，询问王慧敏要不要一起看《门锁》："白百何大银幕的复出作品：女子单身公寓，跟踪的大楼保安，可疑的男中介。"看着微信里的闪动，王慧敏涌上一股暖意。谁能拒绝雪子呢？在自己还在因为陈子薇的怒气惶惶然的时候，雪子就像一个拧着发条会哼着久石让音乐的小天使，让她平静了下来。

好久没有踏进电影院了，虽说是做影视宣发的，但这大半年来看的片都是在放映室里，忙得没有时间走到大银幕前。

"敬不屈服！"

"敬不屈服！"

雪子拿着柠檬茶和王慧敏碰杯，两个人在影厅暗下来的时刻里喝上了一口"渣男"的味道。

几个吓人的镜头让王慧敏下意识地拿手臂遮挡，一旁的雪子倒是不为所动，甚至颇为豪气地举起杯子挡在王慧敏面前，然后像放映员一样悄声提醒她："过去了。"

散场出来，两个人在没什么人的街上一路往东散着步："姐姐，你也一个人住吗？"

"嗯，你也是？"

"嗯，前几个月我才说服爸妈搬出来，其实那个房子他们早就买好了，就是不让我一个人住。没有人管我几点回家的日子实在是太爽了……"

"是啊，但你也要注意安全。"

"没事儿，我们那个小区保安二十四小时巡逻的。"

两人好像都想起电影里那个私自闯入白百何公寓的年轻保安，默契地张大眼睛笑了起来。

"姐姐，做女生真不容易。姐姐，我挺羡慕你的，总是可以——情绪稳定，脾气这么好。所以当艾瑞克和我说你都在办公室发火的时候，我简直不敢相信。"

"我只是没用和懦弱而已……我才羡慕你呢，自由自在，无拘无束，还能拿出一整年的时间来体验不同的生活。"

"我呀，毕竟人生只活一次，不是吗？既然只有一次，我就想拼了命去尝试、去探索，不然不是白来一趟嘛！不像那个艾瑞克，死气沉沉的……"

王慧敏带着怜爱又羡慕的眼神看着月光下依然闪闪发亮的雪子："嗯？艾瑞克怎么了？"

"姐姐，你不觉得他很古怪吗？总是把什么寻找人生意义啊当作第一大目标，越想越钻牛角尖……哎，不过他也是够郁闷的，女强人总是望子成龙的嘛。"

原来看上去大大咧咧的雪子，也察觉到了艾瑞克藏在阳光之下的忧郁。雪子突然还压低了声音："我好像还看到过艾瑞克手机里的就医提醒弹窗，是精神科的。真不是故意的，就这样冒了出来。他很快拿开了就是。"

"我要回去看直播了。姐姐你一个人回家可以吗？"

王慧敏忍不住摸了摸雪子的小辫子，目送她上了专车："到家发消息。"

精神科……医院……

这些词汇被放在一起，王慧敏想起艾瑞克时常沉思的眼神，还有在午间似乎在定时吃着一种药，说是维生素……她不敢再想下去，越是害怕的真相，越不敢触及，大概是源于本能的退缩吧。

逆行的三蹦子把王慧敏送到小区门口，"谢谢您。"关车门的声音就算小心翼翼也似乎要响彻这个老小区。还有两盏路灯开着，王慧敏尽量走在灯光下，却感到一丝凉意，脚步不由得加快。总听到背后有其他脚步声，她回过头，却连一只猫都没看到，只有一阵初秋的晚风吹过。

　　她突然跑起来，顾不上鞋底和水泥地的摩擦声音会吵醒邻居，一口气跑到电梯口使劲按着，等到电梯门合起来后才松了一口气。

　　方才分明觉得有人在跟踪自己，是错觉吗？

十月（下）

婚姻的真相

王慧敏在茶水间里打了一杯热美式，打算用另一个杯子冲茶包的时候和一个做法务的同事差点儿撞上。

"你先，你先。"这个平时看上去凶巴巴的法务突然和王慧敏谦让起来。

不仅如此，原先那些或在背后议论她假装有对象或是迎面而过时无视她的同事，要么噤声了，要么老远就挤着僵硬的笑脸和她隔空打招呼。

自那次会议室里与陈子薇"发飙"后，王慧敏在公司的世界反而愈加安静了。没人再无故使唤她打印复印了，进电梯里排队都得让着她，她成了那个"惹不起"的人。

早知如此……

早知如此，她想，我就不需要假装自己是一个隐形的普通人这么多年了。原来，集体里排挤的不是一个普通的异类，而是看上去好欺负的异类啊。

不过就算如此，王慧敏还是想像以前一样，继续做个不引人注目的人。

"她又来干吗？"

"还能干吗？'闹离婚'的。"

在最容易听到小道消息的茶水间，王慧敏得知了陈子薇又"大驾光临"了。

"闹离婚"这三个字挺妙的。

"我听说，她和天鹏的老总根本没有领证啊。"

"难怪之前来公司打闹要撤热搜，都是为了钱啊……"

"可不是，现在破罐子破摔了，又来我们这儿要证据了，分手费据说开口就是一个亿。"

"一个亿？"

说八卦的同事带着惊叹的心满意足散去，纷纷回到自己的工位上。王慧敏的水打满了，她左手拿着热美式，右手提着水杯，在通往西边的走廊里挺直了胸膛。路过大会议室，两扇门关得严严实实。

会议室里，是依然努力装腔作势但眼神飘忽的陈子薇，完全变了一副推脱嘴脸的张畅，还有事不关己的刘亚男。

王慧敏一边喝着热美式，一边准备开启新一天的工作，当下最重要的是先整理一份所有大型首映礼的形式和传播效果。她记得小时候在县文化礼堂看过的《泰坦尼克号》巨型海报从礼堂大门的顶部一直拖到了地上，盖住了一整面墙，杰克和罗丝的脸庞无限放大，那是她第一次看到外国俊男靓女的样子。又过了几年她在电视转播上看到《十面埋伏》的首映礼：那是一场盛大的晚会，有很多人唱歌，包括主演刘德华，地点在工人体育馆。十年之后，当王慧敏站在工体看台上时，是为了看一场有崔健的跨年演唱会。总之，首映礼给王慧敏的印象就是要足够震撼。

在网络上一路查找的王慧敏又顺便翻了翻日历，如果能在春节前上映的话，光棍节、圣诞节、跨年夜、春节档、情人节……未来几个月的商业性纪念日早已像刻印一般封在了日历里。虽说每一天都是新的，但每个月的热点节点却是千篇一律的。当媒体编辑的第二年，王慧敏就发现了自己的工作是一种公交车司机式的循环往复，区别只在于人家师傅是一天循环六次，而她是一年一循环。第三年、第四年，编辑的新闻标题里无非是在周年新闻里加个数字罢了。没想到换到了营销行业，也陷入了同样的循环人生。快消品，可以说是追着节点打的陀螺行业，除了那些媒体关注的大节日，还有商家创造或再创造的各个消费节点：520、妇女节、618、吃货节、家居节……所有造势的节日背后，不过都是为了两个字——数据！

销售数据、评论数据、热点数据。

"慧敏。"

见王慧敏戴着耳机没听到，刘亚男走到她身边又喊了一声："慧敏。"

"快速把之前天鹏那个喜剧的营销数据整理好发给我。"刘亚男皱着眉头，显露出一种又不耐烦又像是松了一口气的表情，"你那个老同学，陈子薇，是真能折腾。"

"讨论顺利吗？"

"讨论？简直是对付撒泼。总之，天鹏才是我们的客户，数据我们会先给到马鹏飞。"

阅后即焚的热点数据有用吗？王慧敏曾在心底发出这样的疑

问。现在看来，还是自己幼稚了，数据，还可以成为情感纠纷里律师手里的武器啊。

"对了，首映礼的事情，还是暂时保密。"刘亚男从隔间里特意出来低头轻声对王慧敏再三嘱咐着，"尤其是对新媒体组，你需要的话请艾瑞克帮忙头脑风暴是可以的。"

看来在王慧敏埋头为首映礼搜集资料的时间里，陈子薇正在会议室里经历的才是骄傲的她从未面对过的现实。

汪梅吃完饭洗碗的时候，总爱顺手给王慧敏打电话。但是自从上次从北京出差回去之后，她们的通话明显少了很多。王慧敏一个人躺在沙发上，在电视机上投屏了韩国女团的综艺，稍加犹豫了一下，还是拨通了那个号码。

很快被按掉了。

过了足足三分钟，汪梅又回拨了过来。声音里完全没有往日的精气神，是一种哑哑嗓子的疲惫感。

"还好吗？"

"嗯。刚刚在洗碗呢。这几天婆婆不在，大儿子要我辅导数学，小儿子又要讲故事，好不容易让他们两个自己玩一会儿。"

"辛苦呀，女侠妈妈。"王慧敏虽然听出了汪梅的叹气，还是想试着哄哄她，"你老公呢？"

"他，经常不在家。"

"他这么忙吗？之前不是说开的 4S 店挺稳定的，也不用怎么看店。"

"慧敏……"汪梅那头的声音，说着说着就沉了下去，王慧敏听到了呜咽声。

从来都只有挺身而出和清脆笑声的女侠汪梅，王慧敏从未见过她掉眼泪。王慧敏心慌了。

"汪梅，出什么事了？"

"我和李力分居了，有三个多月了吧。他在网上赌博，欠了两百万的债。催债公司打给我妈，我们才知道……"

"李力赌博？怎么可能呢？两百万，怎么还啊？"

王慧敏拿着手机的手都颤抖了，电视机里，黑白画面是上个世纪的日本女人跪坐在丈夫面前，为一家人操持着早餐的情景。

"他说，只是一时好奇，刚开始赢了一些，没想到后来把店里的款都赌上了，店铺也抵押了。还好，房产证一直放在我婆婆那儿，我……"

四月天里，那个在北海鸭子船里心事重重欲言又止的汪梅，浮现在王慧敏的脑海里。

"对不起，是我太笨了。上次都没发现你……"

"是我，不知道怎么和你开口。我原本，是想问你借点钱的。但是我也知道，李力的这个窟窿，是填不上的。但是我和他，终究还是一家人，还有孩子……"

"还需要多少？"

电话那头的汪梅不吱声，过了半晌，她问王慧敏："你打给我，是有什么事情吗？"

"我本来是想说，算了……陈子薇，男朋友出轨，她在争分手费……"

从遥远的一千多公里外，传来重重的叹息声："敏，你不要像我。找老公，一定要睁大眼睛。什么都不重要，人品最重要。"然后电话就无声无息地挂了。

被丈夫李力以赌博的形式欺骗拖入深渊的汪梅，却依然在嘱咐着王慧敏"要找一个老公"，"但是要找一个好老公"。

什么是好老公呢？为什么所有女性幸福生活的尽头都必须是一个好老公呢？

躺在东五环单身公寓里的王慧敏，突然想起了二十多年前在五年级教室里的她们：出手相救的女侠汪梅，一脸气愤吵着出去告状的陈子薇，待在原地羞愧的自己，还有一群在旁边传递着卫生巾起哄的男同学。

电视机里的 black pink 还在劲歌热舞，在光彩照人的舞台上向发疯的粉丝们比着爱心。从 wonder girls 开始，王慧敏就沉迷女团，时代更替，又从少女时代组合转到了如今的 black pink。没有女孩会永远年轻，但总有年轻的女孩。从十几岁到三十几岁，她唯一的爱好就是看女团跳舞，为了跟着她们唱歌还自学了一些简单的韩语。

她不可能成为女团的成员，一如她无法成为雪子、汪梅、陈子薇和刘亚男，她清楚地知道自己只能成为自己。但至少在电视里，她看到了身为女孩们另一种生活的可能性。尽管她们风靡全球给无数人带去欢乐和力量的背后，依然是冰冷的娱乐工业大机器。

但是，哪怕是做一只粉色的可爱甲虫也不赖啊。

蜷缩在沙发里，王慧敏疲惫不堪，对着震耳欲聋的甜美情歌睡了过去。

这个礼拜的工作就和打仗一样，几乎没有一天不是九点后才回家的，王慧敏有两天甚至到了下班才发现自己一整天一口水都没有喝。下半年的档期，小体量的影片争相上映，公司给宣发组接了太多的活儿，连总监刘亚男都不得不亲自下场改文案。王慧敏每天中午的餐食也由去便利店吃盒饭变成了大家围在一起吃由艾瑞克去楼下便利店里买来的几种不同口味的盒饭，猪排配番茄炒蛋依然是她的最爱。越是忙，越是狼吞虎咽。

《决战乒乓之巅》首映式的准备也在紧锣密鼓地悄悄进行中，任张畅旁敲侧击地几番来打听，刘亚男和王慧敏就是闭口不谈。刘亚男那天傍晚要亲自去参加主演的一个前采，之所以总监自己前往，一是因为女主演是他们那一代有名的国民演员，只是十年前就移民了，在北京的时间少之又少，马上又要回多伦多了；二是因为女董事作为重要投资方和女演员的闺蜜，也会去那个活动。刘亚男自然不能错过在老板的老板面前展现自己的机会。王慧敏已经在刘亚男的要求下，三次确认了提纲、摄影和灯光的准备工作。

洗手间里，刘亚男接的一通电话打乱了当天本就紧张的节奏。

"什么？坐错班次了？妈，你别急哦。赵小超？他肯定指望不上……我这边一会儿有重要的工作……妈，你听我说！别急。我先给弟弟打电话。"

刘亚男在洗手间隔间里的声音越来越大，王慧敏在对面的隔间里几乎不敢出声，冲水也不敢，偷听主管的私人电话可是职场死罪。

"胜利，喂？你晚上有空吗？妈和姨到北京了，我突然有事，要不你去接……"和刚才与妈妈打电话时的语气不同，是那种王慧敏从未在刘亚男身上见到过的低姿态，像是哄小孩的语气。

"喂？"

那头显然挂断了电话。刘亚男生气地嘟囔了一句："白生了。"

过了半晌，似乎又打通了另一个电话："老公，你现在方便吗？你听我说啊，有个事儿，咱妈……嗯，嗯，你别生气，我知道，那不打扰你了。"

这一次，刘亚男更是低得到了尘埃里。这哪里是平日盛气凌人的主管，简直是一个受气的小媳妇儿。王慧敏这会儿，更是大气不敢出，连脚都挪不动了。直到听到刘亚男的那双高跟鞋走了出去，洗了手，又关上了卫生间的大门，她又等了两分钟，听到其他女同事进来之后，才打开了隔间的门。

"慧敏，过来一下。"刘亚男把她叫到办公室小隔间的时候，王慧敏还吓了一跳，还以为自己被发现了。

"慧敏，要请你帮个忙。"刘亚男的声音压得很低，但那姿态也不是求人的姿态，更像是一种礼貌的要求，"六点去火车站接一下我妈和姨妈，她们的车到早了，我实在没办法赶过去。你会开车吗？没关系，我还叫了艾瑞克一起，他会开车。你们直接用我的车吧，她们可能有很多行李，到时候先麻烦你们送到这个地址。"

王慧敏微信里同步收到一个小宾馆的地址，也在朝阳。

在刘亚男那辆银色尼桑的小轿车副驾驶落座前，王慧敏小心翼翼地挪开了座位上的围巾、雨伞、餐巾纸，还有脚下的一双球鞋和拖鞋，她本想把这些刘亚男的物品放到后座，但艾瑞克的眼神示意她，"已经满了"。叠着大大小小的衣服外套、小孩的书本、玩具，活像一个移动的仓库。谁会想到呢？在办公室里威风凛凛的刘亚男，车里竟然是一副储藏间的模样。王慧敏还以为像刘亚男这样的女强人怎么着都得开一辆红色奥迪SUV或者宝蓝色的宝马小轿车，没想到竟然是这样一辆近乎二手车的老尼桑。

按照刘亚男的详细指南，王慧敏和艾瑞克在火车南站的出站口，等来了两个村妇模样的老年妇女，一个头上绑着头巾，两个人都背着麻袋一样的行李，手里提着的假Coach包里还露出了四只鸡爪子，脸蛋都是红通通的。

"您是刘亚男的妈妈吗？"

在对面阿姨的那双有些浑浊的大眼睛里，王慧敏仿佛捕捉到了一点儿主管的影子。

艾瑞克和王慧敏费了九牛二虎之力才把那四五个袋子搬上了车，难以想象两个七十出头的阿姨是如何扛着这些重物乘坐火车的。

"谢谢，谢谢。"

"这小伙子俊啊。"

阿姨说的话虽然有河南口音，但都能听懂。

"您从哪儿来啊？"

"焦作。远得很。三个小时。"

"焦作怎么会要这么久啊？"

"刘总说了，她们坐错车了，那儿本来就没有高铁，只有绿皮车，把到达时间看成了出发时间，好在这趟还真是来北京的。"

"阿姨，我们先送您二位去宾馆，等刘总忙完了会来找你们。"

"去宾馆干吗啊？不是说去亚男家里吗？"

亚男姐的妈妈面对小姨的疑问，显然有些尴尬："家里不方便啊，有亲家母，有小超，也不够大……"

"哎，你这个女婿，没什么出息，脾气倒是挺大。"

亚男姐的妈做了个嘘的手势，不准小姨再说了。

艾瑞克试着放了车里电台的音乐："FM103.9，现在给您播报三环拥堵的情况……"

车外，是寸步难行的三环，车子像甲虫排队一样，一辆接着一辆。

"北京是真大啊！"

"可不是，我们胜利说……"

"哎，你们胜利怎么没来接我们？"小姨的一句话显然又让亚男姐的妈陷入了尴尬的境地。

"儿子多忙啊！怎么能麻烦他？亚男不是有……"

"也是，儿子可不是用来麻烦的。"

后排的两个人说着话，忽然自顾自笑了起来。

副驾驶的王慧敏靠在刘亚男还没有来得及取走的凉席靠椅上，望着窗外堵成蚯蚓的车流想着："儿子好，可宝贝儿子也不来接你啊。"

到了住的宾馆之后，亚男姐的妈妈拉着王慧敏，让她帮忙和儿子刘胜利报个平安。

打开老人机的微信，硕大字体的通讯录出现了，点开"胜利，儿子"，不小心按了一下上一条还是昨晚对方发送的语音："我忙着呢。"

语气里满是嘈杂的噪音和不耐烦。

老太太又接连回复了三条，"胜利，儿子"毫无反应。

"阿姨，我要打什么呢？"

"你就打字，打字说我和你姨到北京了，别担心。你姐会管。"

王慧敏把这条微信打好，放到老太太眼前："您看，是这样吗？"

"我不认识字，小姑娘，你帮我发送。我儿子忙，听说话不方便，他看得懂就好了。"

王慧敏点击了发送，老太太手机里跳出来的是"亚男，三女"的语音来电："亚男姐，打来了。她应该是那边忙完了。"

在把银色尼桑开回公司的路上，艾瑞克看着朝窗外夜景发呆的王慧敏，打破了沉静："怎么了，在想什么呢？"

"你说，为什么总要执着于生儿子呢？"

"你是说亚男姐的妈妈？儿子，在传统文化里我想是继承家庭传统的意思吧。"

"传统文化？"这四个字在王慧敏眼里十分讽刺，她笑了出来。

"当然，我不赞同。虽然我是独子，但我相信男生女生都应该是平等的，可是显然在国内，女生遭遇的太严苛……"

"嗯。"

"我上过性别平等的一门课，其实全世界范围内，女性所受的歧视、压迫都比男性高很多，如果按指数来讲中国大概能排到中等，英国是在前面一些。但是性别暴力在任何社会都存在，可能全人类都还有发展到完全平等的那个阶段……"

王慧敏重新看了眼这个在驾驶位子上娓娓道来的男孩，他是这么年轻，有这么正的价值观，这么明亮的眼睛却依然有忧虑。

"我有一个弟弟。"

"是吗？从来没听你提起过。"

"嗯，同父异母的弟弟。"

"嗯。这样的关系，应该不好处理吧。"

王慧敏也不知道自己怎么就说出了自己的家事，她想说，不是"不好处理"，而是"痛苦的童年"，但还是沉默了。她不说，艾瑞克也不再问了。银色尼桑沿着三环缓缓移动着，朝三元桥开去。

"有时候婚姻就是这个样了，父母有自己的难处。"

"你爸妈关系好吗？"

"还行吧。平时几乎是各过各的，我妈有睡眠障碍，所以他们也分开房间住……但他们俩有一个共同的目标：就是我。"讲到这里的时候，艾瑞克转头朝王慧敏无奈地笑笑。

"好像从幼儿园开始，一旦有比赛，我就必须参加，一旦有分数，我就必须拿到最高的。考雅思也是这样。我觉得自己其实没有什么语言天分，所以考了六次，终于把口语也得满分了。"

"学霸啊。"

"什么学霸，不过就是完全失去了自由的童年。在其他小朋友都在玩的时候，我不是在做题，就是在锻炼身体——我妈妈说，健康的身体才是做事业的本钱。"

王慧敏笑了笑："所以你羽毛球和网球这么厉害，跑步也不喘气。"

艾瑞克耸了耸肩，突然严肃起来："可是，我也想过自己的人生。就像你在便利店里吃冰激凌一样，不用去担心身体的指数。"

"你这样一定很累吧。"

没有回答，艾瑞克的回答是长久的沉默。

王慧敏也陷入了自己的思考。今天接待亚男姐妈妈的时候她突然想起了自己的妈妈，提前退休以后，每天最大的事情，除了晚上的广场舞就是女儿的婚姻大事的那个妈妈。那次向她发火之后，妈妈再也没有主动问起过找对象的事情了。

车流一圈圈地卷入黑夜，就像王慧敏身边这些身处情感旋涡的女人。

搭载着艾瑞克和王慧敏的小轿车也仿佛在夜色里一点点下坠。

十一月

好消息和坏消息

自从有了双十一，对营销人来说，十一月就成了魔鬼月。

对快消品牌来说，双十一的销售额是完成全年 KPI（关键绩效指标）的压舱石，王慧敏还记得自己过去的三个双十一，都是昏昏沉沉的、合不上眼的一星期。

当时被宣布"降级"来到宣发组的时候，她心里还是怀揣着小庆幸的，终于不用拼命帮甲方卖货了。

"现在哪分行业？全都要上战场，电影票也得在直播间里先预售。"

刘亚男甩在办公桌上一沓纸，吹响了宣发组双十一的号角，准确地说，是王慧敏的。

同样带来的还有一个半官宣的"好消息"："《决战乒乓之巅》重新定档贺岁档期，双十一是新一波宣发阵营的第一枪。"

终于要来了。

既期待，又恐惧，这是王慧敏的心情。

"重启营销的第一波，我们要充分调动大众的情绪。"

"要把对中国乒乓的热血和自豪感投射在这部电影上。"

"对对对！就叫'不看不是中国人'。"

"还有，必须动员年轻人拉上父母一起看，'和爸妈去电影院看邓亚萍'，一下子至少三四张家庭票。"

"我们搞个亲子乒乓选拔赛吧，撬动学校的资源……"

"你们先确定，双十一前后的头部新媒体号段，还有没有空档留给我们……"

"预告片物料出来了吗？"

几个小组的同事聚集在一起，让王慧敏瞬间错觉自己身处学校的课堂，七嘴八舌，侃侃而谈，对他们这家小公司来说，投资五亿的贺岁电影确实是少有的大项目。每个人都有理由激动。王慧敏却很难融入这种热闹的讨论中去，原本是项目二号位的她尴尬地坐在一旁，与站在大家中间的一号位——刘亚男四目交织，对方给了她一个像是鼓励的微笑，似乎是在鞭策她："你也说点儿自己的想法啊。"

王慧敏不自觉地把目光看向了别处。

连续熬了一个礼拜，到了双十一的前一天晚上，九点多的时候，王慧敏困得头快掉下来了，下去便利店买了一瓶罐装冰咖啡，是拿铁，特别甜。五分钟，在自己的固定座位前把咖啡灌完。谈不上有多清醒，在上十九楼的时候，在黑漆漆的楼层里透出的西边灯光那里，传来了刘亚男的声音。

起初，王慧敏还不确定。

那声音，太温柔了。怎么说呢，她可以想象到陈子薇和马鹏飞撒娇的时候这样子说话，却没想到刘亚男可以像个小女人一样，以近乎央求的语气和电话那头的人求饶。

嗓子还是一贯的有些沙哑。

"小超，我错了。就今天一天，你哄女儿睡觉好不好……"

"我这里结束马上就回来，你别生气，别和女儿发火……"

沙哑里还带着一点儿央求。

王慧敏愣在走廊上，看着西边玻璃窗里僵立的自己，不高不矮的个头，不胖不瘦的身材，看不清五官的脸庞，还有隔壁大楼里零星的几盏灯。她感到刘亚男和自己一样，都被困在了这些格子间里。刘亚男的小隔间，她那妥协的婚姻，或许比单身的自己更窒息几百倍。

电影票的预售被明星主播的团队安排在零点以后，三十三分开始介绍，三十六分上链接结束。理想状况下，九块九看 IMAX 大片的全国三万张电影票和附送的电影联名款乒乓球应该会在三分钟内抢完。

直播基地在房山，对方只准许电影片方带两个人到达现场。刘亚男决定自己带着艾瑞克去，让王慧敏留守在公司，指挥其他同事在直播后同步在新媒体上造势。

"《决战乒乓之巅》定档贺岁！双十一 × 秒抢完三万张票。"

新闻稿和话题文案都提前拟好了，就等着主播的那三分钟结束，宣发组填上数字，带上现场截图，连夜发稿。

就为这一波，刘亚男私底下没少请新媒体组的那些同事喝星巴克，他们也从一开始抱怨"谁这么晚给你发稿子"到了"就给亚男姐一个面子"。

职场上的这些事儿，刘亚男从来不会逼着王慧敏学，更不会强迫她代替自己去做。就好像，刘亚男明白，按王慧敏的脾气，打死她都不会提着几袋咖啡招呼大家来喝的。

八十九秒。

这是直播间里电影票被抢光的计时时间。

当主播喊出"宝宝们，没啦"的时候，办公室一同守着的同事们都大喊着"耶"，好像他们等待的不是三万张被卖出的电影票，而是中了大奖的彩票号码。

王慧敏也激动地站了起来，又迅速地在文案里填上了这个数字，然后马上给刘亚男打电话："亚男姐，您最后看一下，八十九秒抢完，没问题我们就发了。"

"发！"

是从什么时候开始，王慧敏开始叫刘亚男"亚男姐"了呢？连她自己都没有注意过这个变化。又是从什么时候开始，王慧敏开始对自己在做的宣发工作产生在意的感觉了呢？不是无所谓，不是冷漠，是会有激动，会有期待，也会害怕失败。

她也不知道变化是何时发生的。但是那天晚上，当她随着直播里的数字在椅子上兴奋地站起来时，她意识到，有些变化正在发生。

很快，她忽然为自己的变化感到难过。她视为一种背叛。

"无意义的数字啊！我怎会如此轻易又被数字奴役？"

而几分钟之前还在欢呼的同事们，在完成新媒体上的数据任务后，就开始像一个普通上班日一样整理着东西，讨论着双十一的正题。

"半个月都在忙，连购物车都没有加满。"

"就是，哎，你都买些啥？我来抄个作业。"

"洗发水、球鞋、姨妈巾……"

"慧敏，你买了什么啊？"

因为多日没睡足觉神游在外的王慧敏像突然被叫醒了一样："还，没有呢。"在她握紧的手机购物 APP 里，躺着今年双十一唯一加购的商品：一双大码的男士皮鞋和一个防狼喷雾。

就算没有累得昏头，王慧敏也绝不会对同事一一告知自己的购物车内容。

我不是来和你们交朋友的。

坐上出租车的一刹那，王慧敏感觉自己的双腿和胳膊都已经不听使唤了，她几乎是下意识地躺倒在车后座上。师傅抽着烟，用北京话问她："刚下班啊？""嗯"了一声后，王慧敏就睡了过去。在梦中，她被一阵冷风惊醒，一个激灵弹跳起来，出租车刚刚开过中传的北门，还没有到家，她却完全清醒过来了。双十一夜晚的大街是静悄悄的。才睡了十几分钟，却和闷头大睡一晚上一般，身上的细胞又活了过来，仿佛她又可以再来几场直播都没问题。让她自己觉得可笑的是，醒来以后第一反应是打开购物APP 把还在活动中的那两件商品赶紧下单了。

一百二十元。平时三个礼拜的交通费，一晚上就花没了。她关上车门和师傅说谢谢，那老爷子像个自来熟的亲戚喊了一声："下回别这么晚了，悠着点儿，走好。"

来北京整整十年了，她还是没有学会说北京话，这种字正腔圆的口音，她学不来；她也说不上北京对她好不好，反正她很少打车，但每回打车，总能遇到热心的北京司机大爷。她还记得刚来北京那会儿，从学校出发打车去了现在的朝阳大悦城，没多少路，师傅估计看她还是个学生，很热心地给她介绍老北京小吃，最后带着绕了一圈，硬是没收费。下车关门的时候，还探头喊了一句："北京欢迎你。"那个时候，距离奥运会才过去没几年吧。

不过现在，迎接她的，只有凌晨三点安静得像冰窟窿一样的通州老小区。

一只黑不溜秋的小猫飞速跑过。

王慧敏站进电梯里，按了按钮，本能地闭上眼睛休息。过了许久，都没有等来电梯上升的幅度。她睁开眼，电梯的门正在被一双粗糙的手扒开。

"啊！"王慧敏一边尖叫着，一边疯狂地按着关门按钮。

老式电梯合不上。

电梯门被扒开了，是一个戴着帽子抵挡门缝的男人。

竟然是一个穿着布鞋的大爷，对着她就骂骂咧咧的："你干吗呢？没看我开门呢！"

自然是一股子京腔。大爷脚边有一只深灰色的法斗，面目狰狞，没有牵绳。

大爷招呼着小狗进电梯，小狗兴奋地转来转去，蹭了蹭惊魂未定的王慧敏，试图扒拉着她的雪地棉靴，然后在电梯的角落里抬腿撒了尿。

就在电梯门快合上的时候，大爷突然问她："这几单元啊？"

"三单元。"

"操！你这狗，又给我走错了。"大爷阴阳怪气地看了一眼似乎快吓得哭出来的王慧敏，骂了一声，又开始疯狂按着那个开门的按钮。

这一次，电梯门很快打开了。

撒完尿的法斗欢快地跑了出去。电梯里只剩下了完全清醒过来的王慧敏还有空气里的尿臊气。

又是一个星期三。

这次女董事和王慧敏没有直接开始打球，而是先夸了王慧敏："听说双十一预售成绩不错。辛苦了。"

拿着球拍的王慧敏除了"谢谢沈董"之外也说不出什么话来。

"首映礼的事情策划得怎么样了？"

刘亚男的意见是邀请和乒乓沾边的所有文体明星来站台，再找一个现在的乒坛偶像来唱主题曲；王慧敏想的是在工体舞台上举办一场几百人同时进行的乒乓球赛，其中一桌是邓亚萍和电影主创。"太闹腾了""难以传播"两个人的意见不太一样，再加上最近被双十一牵住，首映礼的策划还没有继续往下推。

该和女董事讲哪个方案呢？还有其他同事的想法，说哪个呢？

面对期待自己说些什么的女董事，王慧敏像背诵课文一样说出了那个方案。

那天的打球只持续了半个小时。女董事很快就说自己状态不好，向她点了点头就离开了。

场馆里还有两桌，一对是教练模样的人带着七八岁的孩子，一对是老年夫妇。乒乒乓乓的声音在王慧敏脑海里循环着，很久没有出现的爸爸的那个声音在耳边响起："你以为自己还能成为邓亚萍呢？"

不能成为邓亚萍的，还有刘亚男。

从来没有请过一天假的刘亚男，突然消失了一天。

丁俊山要找她签字报销没有人，王慧敏要找她商量首映礼没有回音。

茶水间的八卦很快传到了西边工位："在副总晋升过程中，刘亚男输给了张畅。"

"以卵击石。"

"我们公司什么时候有过女副总啊？"

"都被贬到宣发组了还要硬争。"

"恭喜你啊，老板晋升了，你今年也有希望了……"

这一回，王慧敏去打水的时候，没有同事再避开她。取而代之的，是明目张胆的斜视，那眼神都在警告她"让开"。再回到工位的时候，丁俊山已经不见了踪影。

刘亚男的隔间里，还是没有声音，衣架上也没有大衣。

"去顶楼吗？"

"好。"

十一月下旬的顶楼天台，大概聚集了三元桥一带所有的大风。

"你接下来有什么打算吗？"

"打算？"王慧敏看着眼前的艾瑞克。

"亚男姐……"

"嗯。"

"你好像并不惊讶？"

"我只是一个策划专员啊。主管是否晋升，就和那些营销数据一样，好像都没有什么太大的意义。"

"我以为……毕竟亚男姐平时还挺关照的。在这里，我才发现，努力好像和获得不一定成正比。"

"你终于想明白了？不再做永不停止的西西弗斯了？"

"可是人生如此短暂，总得做些什么、达成些什么。"

"我可真羡慕你啊，这种时候还有闲情思考人生的意义。我呢，只要不被辞退就好了。"

"我才羡慕你呢，慧敏。你的烦恼都好真实，你——不好意思，比如交房租的烦恼，单身的烦恼，保住工作的烦恼，正是有了这些一个个具体的烦恼，你的生活在我看来才是真实的、脚踏实地的、有意义的。"

顶楼的风呼呼地吹，王慧敏都快冻出鼻涕了，她看着眼睛被吹到快要流泪的艾瑞克，不像是乱说的样子。这个什么都拥有的、按照完美小孩培养起来的小男生，竟然是如此羡慕平平无奇挣扎着生活的自己。

"你啊，别想太多了。有句诗不是说嘛，乌鸦有乌鸦的问题，我有我的问题。等你真的变成了我的样子，不好看，不聪明，也没有什么存款，爸妈也不怎么关心我，有个快要离婚的闺蜜，一个四处使绊子的老同学，遭受着职场性骚扰却不敢吭声……你就不会想过我的日子了。"

"别这么说。你在我心里才是勇敢的人，堂吉诃德式的人物，真的。"

王慧敏推了推艾瑞克："哪有你说的这么玄乎。"

"其实……"艾瑞克望着东边大裤衩的顶部，王慧敏也看向了交叉的建筑物，在他们面前像一具变形到一半的金刚。在办公室里的时候，王慧敏还不曾注意到，这些巨型怪兽离他们如此近。

艾瑞克说："我有点担心亚男姐。她不像是晋升失败就不出现在办公室的人。"

"放心吧，她比我们都强大。倒是你，你要在这里实习到什么时候呢？真的不回去读书了吗？"

这下轮到艾瑞克沉默了。

"快了。"他说得很轻，仿佛只是说给自己听的。北风快要把太阳压下来了，远方的大裤衩在灰蒙蒙里被罩得发黄，白天越来越短了。

日历一天天翻过，已经立冬了啊。

正式宣告"坏消息"来临的，是张畅。

还是那个大会议室。七个月前，王慧敏和刘亚男一起在这里被通知从快消组调去宣发组；五个月前，王慧敏跟着刘亚男他们一起面试了雪子；两个月前，王慧敏站在刘亚男的旁边当面驳斥了陈子薇。

今天的会议室里，却唯独少了刘亚男。

这场小型会议，王总甚至没有出席，人事总监一句"王总临时去集团有事"就打发过去了，也不知道是集团有事，还是他家的狗临时有事。

当人事总监宣布："刘亚男主动辞职了，接下来将由刚刚晋升为副总的张畅暂时先统管宣发组和新媒体组。"屋子里唯一震惊的只有王慧敏。

"慧敏，乒乓的项目按总公司的意思，你继续牵头。我虽然是副总，但肯定忙不过来，你就来做实际意义上的一号位。你提出的首映礼形式，沈董那边也很满意的，继续推进就行了。小丁也会协助你的，对吧？"

张畅的金边眼镜里射出一道能砍人的光，把王慧敏吞没了。

首映礼……沈董……晋升失败的刘亚男……

"慧敏，你还有什么问题吗？"人事总监问了两遍，王慧敏才反应过来，直愣愣地摇着头。从被通知要为三八节文案背锅，到被赋予 S+ 项目一号位，不过七八个月的时间，看来在职场游戏里，被摆弄的甲虫永远不知道明天会发生什么。

直到那三只甲虫都前后走出了会议室，王慧敏下意识地看了一眼桌下地毯上平整的样子，她才察觉，那只红色甲虫真的要飞走了。

刘亚男再也没有在公司出现过。

第二天早上来的时候，王慧敏发现隔间里的衣架没有了，桌子被收拾得干干净净，仿佛这位主管从未在十九楼存在过。在地铁里，王慧敏打开微信对话框，试着编辑了几段信息，终究是没有发出去。看着挤在地铁里穿着正装的中年女性的背影，她想，刘亚男会不会也和她们一样，此刻正在通往其他公司的路上呢？

不是甲公司，就是乙公司吧。

"哪里都是打工而已。反正有人叫我刘总就行了。"

这是刘亚男对她说过的话。

十一月匆忙得就像小时候短暂的夏日时光一样，王慧敏加班更多了。虽然公司让艾瑞克也搬来了西边，接下来只为乒乓项目服务，但没有了刘亚男在背后默默的支持，王慧敏愈加感觉到在公司内部推进项目的艰难。

要组织其他小组的同事开碰头会，总有人迟到半小时；请媒介组做的渠道方案，没有人响应。尽管产生过那就大家一起破罐子破摔的想法，但那张贴在隔间外墙上的海报却总能在某些时刻击中她。

似乎总有个声音在告诉她：

去做吧，王慧敏，不要害怕失败。

去做吧，王慧敏，不要期待成功。

去做吧，王慧敏，就这一次只为了你自己。

那面刘亚男想要扛却没有机会扛起的大旗，现在到了王慧敏的肩头。她就像站在万米长跑的跑道上，既然已经出发了，就要咬着牙坚持跑下去。

十二月

跨年夜的首映礼

"体育馆那边说，最多只能放三十张乒乓桌。"

"慧敏，我们要找至少一百个会打乒乓的小朋友，然后再做筛选……"

"张总有说过，首映礼的总预算要压在一百以内，不然我们利润空间太小……"

"慧敏，邓亚萍经纪人有办法联系上吗？"

……

原来做项目一号位的感觉是这样的。

每个到公司的早上，从落座项目室开始，王慧敏就会被一群人围着要答案。

以往的三年里，她都是那个默默做完自己分内事然后小心翼翼给一号位报告进度的人。如今换了角色，她才明白过来，原来每天光是沟通和应付这些问题，就足够侵吞她的上班时间。经常忙到天黑，自己想要创意的文案，是一个字都还没有构思。

时间在一个个电话、一个个微信表情包、一次次和外部机构的斗智斗勇里流逝，她禁不住对艾瑞克说："原来亚男姐过去都是这样过来的。"

艾瑞克成了那个唯一不对她提问但会帮助她解决问题的人："你确定这是你想要的就好。"

正对着微信通讯里找联系人的王慧敏愣了一下，忙碌，都让她快忘了自己原本的样子；她好像急于扮演那个什么事情都能解决的刘亚男，她努力克服自己的社恐，尽量模仿刘亚男的语气，她总是在遇到问题的时候问自己："如果是亚男姐，她会怎么做？"

就和那天在张畅办公室发生的一样。

"关上门。"

这三个字就像一道咒语，这之后在这个房间里发生的一切，都成了此后每个晚上王慧敏失眠的原因。

午后两点半，张畅却把百叶窗都拉了下来，也没有开灯，那天大概是个阴天，看不到照进来的一丝丝阳光。坐在阴影里的张畅就像一个黑手党，仰着头却低着眼睛，带着一丝诡异的笑容，斜视着王慧敏。

"张总，乒乓的事……"

"我没想到你身材这么好，平时掩藏得太好了。"张畅说这些话的时候，面不改色，食指撩拨着自己那颗大痣上的黑毛，仿佛和"项目用到几个渠道，预算多少"一样自然，他的眼神，比那天在体育场更可怕。

王慧敏几乎要战抖起来，就和所有在现场突然面对语言暴力的女性一样，她脑海里一片空白。

空白过后，是工作、工作。是她来这里的目的。她用近乎央求的声音，假装对张畅的冒犯视而不见："乒乓的渠道方案需要您确定一下……"

"别着急啊。"几乎是在一瞬间，张畅站了起来，还拉了一下裤裆，当在那个昏暗的办公室里，他一步步向王慧敏走近时，王慧敏紧张得几乎要闭上眼睛。

到了几乎要贴身的距离，张畅停了下来，把头低下来几乎要触碰到她的脸，在耳边吹着热气："你的乒乓球技术大家都看到了。不知道你这个宝藏女孩，还有什么技术是我不知道的。"

"走开！"王慧敏几乎是下意识地用力推开了眼前这个秃顶的脑袋，用颤抖的手打开了门。

走出办公室的王慧敏，两只手心里都被自己的指甲掐得都是印记。

有那么一瞬间，她满脑子都在想"怎么办""怎么办""要不要进去道歉"。

她感到自己的身体正在加速缩小，周围的走廊和桌椅都越来越硕大，直到自己完全趴在了地毯上，眼角上方有两簇长长的触须，她闻到地毯里的汗酸味，几双鞋子匆匆在旁边走过，差点儿踩到她。她听到艾瑞克和其他同事说话的声音，她想叫唤他，告诉他张畅是多么混蛋，告诉他自己是如何懦弱，可她只能发出嗞嗞嗞的声音，也只能靠身下的细肢在地毯上移动着。

她清醒地意识到，自己已经进化成了一只甲虫。

在洗手间里，她一遍又一遍地用消毒洗手液洗着手，又用水拍着自己的脸。指缝里看到的镜面里，是一只浑身战抖在哭泣的甲虫的脸。

和十九楼里其他人一样，王慧敏成了这个甲虫劳工世界中的一员。

要是刘亚男在的话，也只会说，先把工作完成吧。

可就算成了甲虫，也依然合不了群，依然会受到其他甲虫的阻拦。

王慧敏差点儿忘记，甲虫从来都不是一个团结的物种啊。百科网站上说，甲虫虽然是群居动物，但除了特殊情况，是不会聚到一起行动的。

每周的项目进度大会上，王慧敏用很低姿态的语气委婉地询问媒介组可以确定给到的乒乓的资源包，喝着茶的张畅是这样当着大家的面回答的："公司不只有乒乓一个片子，我们还接了圣诞档的一个喜剧片，客户也是头部公司，渠道上两边很难都照顾到。"

"张总，但现在离首映礼还有两周，我们还没有确定渠道的话……"

还没等王慧敏说完，张畅马上打断了她："你第一次当一号位，没经验。那我教你，所有的营销渠道都是动态变化的，没有哪个项目经理像你这样逼着媒介组给名单的。"

"慧敏，你这么着急上火的，不会有你的投资份额吧？"

张畅一通调侃完，会议室里一下子充满了其他同事附和的笑声。

这已经不是第一次了。办公室事件后，张畅处处给王慧敏穿小鞋。

"张总真会开玩笑。是我没有经验，不知道公司里做项目非得有股份才会上心。那部圣诞档的喜剧片，您有股份吗？"

几乎战抖着说完的王慧敏，心脏怦怦跳，张畅原本得意的嘴脸一下子变得铁青，王慧敏想你不会还真的利益勾结有暗自投资喜剧片吧。

亚男姐，这就是你之前一直挡在我们面前需要对抗的世界吗？

这次出来打圆场的是艾瑞克，他抚慰了张畅，替王慧敏说她最近压力太大，表达的方式太直接："其实大家都是为了项目好。渠道早点儿确定，首映式心里也有底气。"

"什么时候，我们公司轮到实习生来主持大局了？"

还是那个阴阳怪气的傲慢语调，张畅索性把皮鞋跷在了旁边的摇椅上："那行，你们倒说说首映礼具体要怎么做？"

PPT 上，是王慧敏和艾瑞克熬了三个晚上做出来的现场模拟图，五十九张乒乓球桌拼成了两个字："乒、乓"，象征着容国团在一九五九年第二十五届世界乒乓球锦标赛上为中国夺得的第一个乒乓球男子单打世界冠军。

"新中国第一个世界冠军就是乒乓球，此后中国乒乓军团一直向前，我们又有了邓亚萍、王楠、张怡宁这些女性'大魔头'。可以说，乒乓球在全球的一路凯歌与新中国的崛起之路一脉相承，乒乓的反击和崛起，就是新中国的崛起。我们的首映礼要足够震撼，唤起全网观众的民族情绪。我们还会邀请一百多名青少年乒乓球爱好者，给每一名现场打球的孩子特写镜头，象征着今日中国每一个拼搏的少年，乒乓精神在新一代的个体上体现。"王慧敏在投影前演示的时候，眼睛里是有星星的。她逐渐自信的样子，艾瑞克都看在眼里。

张畅又一次打断了王慧敏的讲话。

"看来你还不知道啊，你的好主管，现在是前主管了，刘总，现在也在竞争对手那里负责一个大片的项目，也是体育题材，听说啊，也要在体育馆做首映式。"张畅每说完一个字都要以一种玩味的姿态捕捉着王慧敏微妙的表情变化。王慧敏努力控制自己的情绪，她不想让这个下三滥的男人体察出自己的惊讶、失望和些许恐惧。

这场推进会结束的时候，王慧敏发现自己清单上的每一项都还没有着落。或许这场会议和之前的项目进展会没有什么本质上的不同，一群穿着五颜六色衣服的甲虫假装在对自己做的事情负责，而实际上每个人都只是在扮演一个勤恳工作的螺丝钉。以前的她，从不在乎结果，而现在的她，不得不为结果负责。

她开始在乎了。

她知道自己正在发生某种变化，是一种比身体变成甲虫更可怕的变化，但是她无力去抵抗变化的发生。

她花了半天的时间，一一去和每个子项目的负责人再说清一遍首映式乒乓大赛的意义，她坦诚地蹲在地上，仰着头，请坐在工位上的他们帮忙，她按每个人的喜好买了少糖的拿铁、卡布奇诺、少冰美式、抹茶星冰乐。

点单的时候她甚至没有精力去想，原来还有人冬天也会想喝抹茶星冰乐。

还剩下丁俊山和张畅了。

王慧敏第一次邀请丁俊山一起吃午餐，也是两个人第一次单独吃午餐。在职场，这似乎也没有什么奇怪的。很多人和同事共事了一辈子，也会因为没有话题而躲避与某个同事单独吃饭。王慧敏选在了公司楼下的那家日料店，她和丁俊山说的是："方便的话，中午请你吃个饭吧。"在王慧敏的印象里，丁俊山虽然在工作上不靠谱还是个墙头草，但据说是个老婆奴。

　　王慧敏点了一份豚骨拉面，丁俊山倒是不客气地来了一份单价最高的鳗鱼饭定食。在等待服务员上菜的过程里，两个人默契地喝着茶，丁俊山更索性在王慧敏对面刷起手机来，摆出了一副我就是来吃个饭的样子。

　　"那个，我其实是想找你帮个忙。"求人从来不是简单的事，更何况是面对平日里就不待见的同事。

　　丁俊山头也不抬："帮忙？慧敏你太客气了，你现在都一个人主持几个亿的大项目了，我哪有这个命啊。"

　　和料想中一样，只是比预计中的语气更过分些。没关系，王慧敏提前演练好了台词："其实找你帮忙，也是沈董的意思。你也知道，乒乓是她牵头发起的，项目宣发进度我也会定时和她汇报，她特别叮嘱我要拉几个靠谱的同事一起进来，总公司每年都会有一个资金池子是奖励给业绩特别突出的员工的。乒乓要是做好了，之前那个项目的事情被取消年终奖的事情，可以不追究。"

　　"你是一号位啊。"丁俊山这时候虽然嘴里还在疑惑，但已经放下了手机，"沈董""奖励"显然是起了作用。

　　"我想过了，我确实没有这个能力，但老板既然下了指令，也只能做下去。这样好不好？你来做项目的媒介一号位，未来复盘汇报的时候，也由你来主要向沈董汇报。你本来就是策划经理，资历比我深……"

"你确定?"

"当然。"

"那就干呗。话可说前头,媒介一号位要写在 PPT 方案和复盘报告里。"丁俊山喝了一口定食里的味噌汤,嗞啦啦开始嚼起鳗鱼来,酱汁沾得满嘴都是,他狼吞虎咽吃着,眼镜也因为微微出汗滑下了鼻梁,"早这样,多好。"

王慧敏默默吸着豚骨拉面里的料包汤,夹起了汤面上的半个溏心蛋,橘黄色的半液体半固体,被切成了整齐的样子。

她一口吞了下去。

至于张畅,王慧敏注册了一个新邮箱,发了一封 E-mail(电子邮件)。什么字都没有,只有一段一分钟的录音。还有一张他们一家三口在单元门口的照片——要不是雪子正好和张畅住在同一个高档小区,要不是雪子灵机一动拍了照,要不是雪子教她"用坏人的办法对付坏人",王慧敏还真的不会如现在这般果断。

据说张畅那个上午大发雷霆,还砸碎了一个茶杯,连下午要去拜访媒体的行程都借故取消了。

那之后,张畅再也没在项目会议上出现过,渠道和预算的审批也通过得很快。

邀请邓亚萍成了最头疼的事。眼看着首映礼一天天逼近,王慧敏想到了一个自己都吓了一跳的方案:"何不问问沈董呢?"

"不行!"

艾瑞克对王慧敏求助集团高层的方案反对得相当激烈。

"为什么不行?既然是他们发起的整个项目,董事应该有更大的人脉圈,而且我们确实没有时间了。"

"这是我们的项目。我们再想想办法，一定能独立完成的……"

"艾瑞克，你怎么突然又犯轴了呢？亚男姐说过，不考虑过程，只关心结果。我们现在更重要的是首映礼的成功举行，不是吗？"

艾瑞克看了一眼王慧敏："真的没有其他方式了吗？"

"嗯。"

其实关于麻烦沈董这件事，王慧敏也犹豫了好几个晚上。打乒乓是打乒乓，可汇报项目请求帮助又是另一回事，想到要在乒乓球馆之外的地方拜见沈董，她就开始犯怵了。在床上辗转反侧的时候，她想起刘亚男曾经严厉地说过她："你什么时候不懂不会的事情，要及时问。"可她永远是那个默默绕弯子想办法自己解决的小甲虫，只是眼下的这道任务，她实在无法独自应对了。

第二天一早在地铁上，王慧敏在心里打了好几遍草稿，终于把想要说的话发了过去。

"可以，下午三点来我办公室。"

就这样，抱着首映式详细资料的王慧敏，第一次走进了总公司的大楼。

大楼在国贸。虽然王慧敏每个工作日都会在国贸地铁站换乘，但她从未走到过地上来。

随着电梯缓缓上升的是眼前的立交桥，D 出口的台阶格外高，她看到路口的小卖部里蹿上来热腾腾的白气，飘着玉米的味道，窗口还挂着一个纸板：煎饼，五元。

原来在国贸上班的人也会吃煎饼和包子。王慧敏小心翼翼地从台阶下楼，研究着手机导航里的步行定位，手指冻得红通通的。顺着箭头一个转身，她才发现不到五十米的地方是豪华的购物中心：银泰百货。外墙的 logo 都是她在时尚杂志和明星八卦里看到过的品牌：爱马仕、香奈儿、宝格丽。夹在爱马仕和大葱煎饼之间，王慧敏深深呼了一口气，一头扎进了高楼的冬日里。

总公司闹中取静，在国贸这些钢筋水泥围墙之外：一个小小的创意园区里，占据了五幢洋房，要不是门口牌子上挂着"紫罗兰文化投资集团"，那郁郁葱葱的花园会让人以为是到了什么私家别墅区。沈董的办公室在一幢洋房的顶层，是一个一百多平方米的套间。电梯上去之后，首先就看到两盆白色的玉兰花。

比沈董率先出现的，是一个穿着高跟鞋漂亮得像电影明星一样的秘书小姐姐，微笑着领着她进入办公会客室，素色墙纸上挂着一个字"静"，遒劲有力。一位穿着深色套装的女士正在给窗前的花花草草浇水，听到声音，她缓缓转过头来和蔼地看着王慧敏："坐吧。"

不再穿着运动套装，不再是大汗淋漓，不再握有乒乓球拍，而是紫罗兰影视集团的重要董事，沈董。

汇报过程和逼仄的会议间相比倒是轻松了不少，沈董还给她倒了功夫茶，不过王慧敏讲话有些紧张，一直到离开时都还没喝上，尽管只待了十五分钟，面对沈董淡雅的询问和点头肯定，有一种如沐春风的感觉。到电梯里的时候，王慧敏还在回味沈董方才徐徐道来的话："邀请她，需要展现的是我们的诚意。当然，更要看对方的时间安排。或许你的经历就可以打动她，也能打动我们这部电影的受众。"直到走出电梯，沈董办公室里的栀子花香味也依然伴随着王慧敏。十二月的风呼呼刮得厉害，她脚步匆匆，赶在晚高峰之前踏入了开往公司的地铁。

　　给邓亚萍老师的一封信：

　　　　第一次看您打球的时候，我还被妈妈抱在怀里。

　　　　六岁开始，我有些近视，妈妈就教我打球，在居民楼下的自行车棚里。妈妈把您视为偶像，我也一样。但当我童言无忌地说自己也要成为邓亚萍的时候，爸爸却说我在做梦。我拿过一些学校和社区的乒乓小奖，但终归还是把更多的时间投入了做题、考试，我想以自己的方式远离那个斥责我做白日梦的爸爸。

　　　　这些年来，每当难受的时候，我总会摸出小时候的球拍，对着墙练习垫球。在乒乒乓乓的声音里，我觉得特别安心。

　　　　现在我三十三岁了，是一家营销公司的策划。没有成为乒乓球冠军，在事业上也没有什么成就，更不是什么父母口中的骄傲。今年开始，我又打起了乒乓球，也想起了曾经年轻的妈妈和您比赛的背影，好像只要站在乒乓球桌边，我们都会一直年轻，一直自由下去……

平安夜那晚，离首映礼还有倒数一周的时间点上，也是方案最后敲定的时间，王慧敏依然没有收到期待已久的好消息。

　　"不如来点儿高热量的炸弹吧。"大概是为了缓解王慧敏的焦虑，艾瑞克看着趴在工位上整理着成堆项目方案和文案的王慧敏，自告奋勇地点起了比萨，"纪念一下平安夜的加班。"

十九楼只有西边是亮着的，其他同事早就下班过节去了。每次总是到这种时候，情人节、520、圣诞节、跨年夜，王慧敏发现公司会默默地把临时的加班或是值班任务都交给单身未婚的同事，公司里几乎没有还单身的人，王慧敏暴露自己其实不存在男朋友之后，她的加班似乎更为理所当然了。

热乎乎的比萨送到的时候，艾瑞克提议说要不要来点圣诞的仪式感。王慧敏这才想到这个小男生过去四五年都是在伦敦过的平安夜。

"你听过一个说法吗？"

"嗯？"

"如果在平安夜的 21：57：25 开始看《真爱至上》，那么圣诞节的零点就会看到女孩和男孩的接吻。"

王慧敏耳朵一红，不解地看着眼前这个谜一样的男孩。

"当然了，我们这样专业的电影宣发从业者，以及资深影迷，在平安夜里自然不能看什么《小鬼当家》《真爱至上》了，必须看——"

"《战场上的圣诞快乐》！"两个人异口同声喊了出来。

嚼着比萨里的萨拉米香肠和马苏里拉芝士，看着电脑屏幕上四十年前的北野武和大卫鲍伊，王慧敏忍不住默默流泪了。当她还是一个高中生的时候，就曾被这部电影里讲述的日军与战俘间充满暴力和无法抑制的情感冲突所震撼。在爪哇热带丛林里的那个平安夜，没有雪没有圣诞颂歌，喝醉了的北野武突然把两个关禁闭的战俘喊来"释放"，"因为今天是圣诞节，我是圣诞老人"。

战后，劳伦斯来看望次日即将被刑行的北野武，在他走出监狱门的那一刻北野武又猛地叫住了他："劳伦斯，圣诞快乐！"镜头里的铁窗外，依然也没有飘雪。

王慧敏一直在等待这场雪。

安徽的县城很少下雪，但北京不一样，入冬以后每个周末都似乎在期盼着一场会瘫痪城市交通的大雪。但每年，雪总是像捉迷藏似的姗姗来迟。

今年也一样。

平安夜的晚上，没有雪花，只有大风在十九楼的玻璃窗外呼啸着。

"我马上要回英国了。"

"祝贺啊。"

"这里、那里，北京、伦敦，其实对我来说都一样。"

"同事们都很羡慕你，来去自由……"

"自由从来都不是免费的。"

"行了，看圣诞快乐，别用忧郁哲学那一套啦。"

"是《战场上的圣诞快乐》。"

此时的电影里，"二战"落幕，曾经的军官成了阶下囚。

十二月三十一日晚上八点八分，是首映礼开始的时间。

从早上六点开始，紫罗兰营销公司找的供应商就开始在工人体育场搭建舞台和乒乓球桌，王慧敏更是一大早就赶到了。准确地说，她前一天晚上压根儿没睡着，上一次这样想着明天的任务失眠还是在高考前的夜晚。对于她来说，乒乓首映式的确也是另一种形式上的成人礼吧。熬过去了，体验过了，就该跨过另一段人生了。这一天的十个小时里，王慧敏几乎是在一种无意识的状态下度过的：机械地看场地，对齐乒乓球桌，清点球拍，安抚着小球员，核对新闻稿……直到一个小朋友哭着来找她："阿姨，我的球拍不见了……"

王慧敏安抚着拖着鼻涕的小朋友，猛地想起了自己的球拍也落在了家里。

她今天自然是不上场的，但昨晚临睡前她又翻出了一个月前妈妈从家里寄来的那副球拍。自从上回挂了电话以后，妈妈一次也没有给她打过语音，除了偶尔会转发一些早睡的养生链接，就是后来收到的这个被包裹了三层的球拍。上面还贴着一个旧胶带——五年级三班，王慧敏的名字已经看不到了。

五年级啊，那个时候虽然爸爸也不支持她们练习乒乓球，但至少每天还是回家吃饭的。她提前放完学在楼下自行车棚里打球的时候，爸爸推着车总会抱怨她一句："怎么还在打球，作业做完了吗？"这个时候，三楼厨房里的妈妈会探出头来招呼他们父女俩："吃饭了！吃饭了！"总是要叫过三遍以后，王慧敏才依依不舍地爬上小砖楼，整个楼道里都弥漫着炒锅的酱油香气。

她要回家拿乒乓球拍。这个念头一旦形成，就挥之不去了。

离开场还有两个小时。从工体打车来回顺利的话是一个半小时左右，王慧敏看着已经摆满乒乓球桌的体育场，不顾一切地冲了出去。

体育场外，天色已然慢慢暗了下来。二〇二一年的最后一天，太阳也急忙下了班。放了假的年轻人向工体附近的餐馆和酒吧拥来，王慧敏像一只逆流的小鱼在人海中划出一条路。

可跨年夜的交通却从来都是一场灾难。

北京的五环上四环上三环上积攒了一年的怨气好像都在等待着这一天向驶过身上的车子们爆发：且堵着吧！自以为逃离了办公楼的打工人却依然被困在了移动的钢铁之躯里。

除了奔跑，王慧敏别无选择。

堵车的司机冲她按喇叭，被困的乘客们打开车窗看着她，巡逻的交警穿过一辆辆车追着她。王慧敏却越跑越快，手里的乒乓球拍成了她的助跑器，在越来越冷的空气里，陪着她一起喘着粗气，疯狂地和倒数计时的开场时间赛跑着。

推门进入休息室的时候，她全然不顾同事们诧异的目光，当着沈董的面，向扮演偶像邓亚萍的资深女演员交出了球拍。

比闪光灯更先开启的是全场一百个人同时打响的乒乓球声，直播的镜头很快从小朋友们稚嫩的手切到了一个发旧的暗红色球拍，握着它的人正是短发的"邓亚萍"。据说为了演好这个角色，这位敬业的老戏骨足足练习了一整年的球，没有一天中断过，才有了如今的高度神似。

在摄像机旁边，是挂着工作牌戴着鸭舌帽的王慧敏，站在观众的呼声里，站在乒乓球声里，站在电影雄壮的配乐里，她的视线始终追随着"邓亚萍"打球的背影。

跨过零点的时刻，电影恰好结束，像帆船那样大的银幕上打出了团队争执半天的那句话："去打吧！就像从未失败过一样。"

烟火很快从体育场的四周响起，在上空绽放成转瞬即逝的花朵模样。

艾瑞克在身后叫着她的名字，王慧敏却什么都听不到，她默默地执着地顺着人群一直往前走直到挤出体育场，头顶已经是新一年的夜空了。

手机里的微信提示只有两条信息。

一条是妈妈的，八点多的时候，发来一张电视直播里"邓亚萍"拿着球拍的照片。

另一条是汪梅的，就只有五个字：我想离婚了。

一月（上）

新年的反击

跨年之后的三天里，王慧敏每天依然只睡三个小时。首映式之后，无数的视频和图文物料需要从不同的媒介里分发到尽可能多的潜力观影人群。在所有人都享受元旦假期，在商场里逛着，无聊得想去看电影时，王慧敏和她的同事们就是那些在背后不停地把努力堆成的雪球拱到观众面前的人。这样的甲虫，怎么可以停下来休息呢？

终于能在四号不用上闹钟的王慧敏，其实是被快递的敲门声喊醒的，醒来之前，她还被困在噩梦里。梦里一直在循环那天在张畅办公室里的场景，不到十分钟的时间，就像末日审判般，重复出现在梦里。王慧敏从走廊里进入，又从办公室里逃出，每一次开门、关门，都是坠入深渊般的折磨。

要不是从窗外透进床上的阳光十分猛烈，王慧敏都分不清自己麻木的身体是在现实还是梦境中。枕头上一只小蟑螂正抓住王慧敏的发丝往脸上爬，感到痒意的王慧敏，哇的一声叫出来。

蟑螂顿时逃窜到床底，再也看不到了。

王慧敏醒了。屋子里乱糟糟的，放在暖气片上的袜子晒出了一股肥皂的清香，垃圾桶里还有去年日期的牛奶瓶子，一个礼拜没来得及吃的草莓可算烂透了，也难怪都惹出了蟑螂。

王慧敏看了一眼客厅里时钟显示器上的数字，新的一年的确是来了。

迷迷糊糊中她开门去看快递，其实已经不记得是什么时候买的又买了什么，拿着纸箱子正要拆开却看到上面印着的还是之前那个送错外卖的地址：1609。这个陌生又熟悉的数字，让王慧敏好不容易不再因数字波动而心慌的心脏又怦动起来。

究竟是谁？

王慧敏在自家玄关前踮起脚尖，透过猫眼观察着外面那个圆形的世界，什么动静都没有。走廊里暗沉沉的，爪字形的设计让阳光一点儿都别想逃进来，送快递的人会躲在阴影处吗？

不知道是哪里冒出来的胆子，王慧敏洗了一把脸，抱着那个纸箱子把房门关在了身后。按下电梯里顶楼按钮的时候，分不清是电梯出了什么故障抑或只是她的心理作用，隐约感觉到电梯晃了一下，那一瞬间灯也灭了，但也真的只是一瞬间，就一眨眼的工夫，一切都结束了，只剩下王慧敏的冬天棉袄睡衣和老式电梯的轰鸣声。

十五楼到了，王慧敏从四爪鱼的西北侧一直转到了东南侧，没有09户号。也没有1609。整幢楼明明就只有十五层。可为什么会送来两次呢？上次是外卖，这次是快递。如果是恶作剧，可上面显示的电话尾号分明也不是自己的……

就在王慧敏的好奇心随着心慌越来越重的时候，她发现1505和1506的拐角处竟然有半截楼梯，楼道里隐隐传来的狗的尿臊气，她想起了那只被男主人骂骂咧咧的小法斗，走廊上的灯因为感应到人亮了起来，也再次点燃了王慧敏的勇气，她爬上了那截楼梯，推开门去竟然发现了一个隔层。

难以推开的门后面摆满了一双双大大小小的鞋子，有棉布的，有积灰的男士皮鞋，也有小孩的球鞋。两扇相对的小铁门上挂着红色的数字：1609，1601。

她抱着箱子，使劲敲着 1609 的铁门。

许久，都不见声音。

都走到这里了。王慧敏想着，试着喊了喊："有人吗？"

又是许久，一个裹着棉袄正在烫着发的阿姨开了门，她脸皮皱皱的，裹紧了身子，眼角是半永久的孔雀蓝眼线，她瞥了眼王慧敏，愣了一下没说话。王慧敏也愣了一会儿才把怀里的纸箱子塞过去，阿姨还是什么都不说话，很快砰的一声把铁门又关上了。

王慧敏一路小跑回到了家，锁上了门，心扑通扑通跳着，又忍不住死死盯着那个猫眼里的世界。

什么都没有。电铃也没有再响起过。

谜团解开了，她却感到一阵空虚。生活里唯一的问号被拿走了。而剥夺那种沉浸于想象世界里恐惧感的，正是她自己。

她靠在暖气片上，脑子里再次陷入大段的空白，就像乘坐飞机时在平流层里遇到的那些云团一样，几万年来，白色的云团总是飘在那里，时不时遇到一些鸟、一些飞行器、一些被保护在玻璃罩内的人类，它们总是看都懒得看一眼，然后继续孤独地在浩瀚的天空里飘着，飘着。

大概是太累了，大概是暖气片太暖和了，王慧敏想着想着，又睡了过去。

等醒过来的时候，窗帘外又回到了黑夜的模样。王慧敏像突然想起什么似的从沙发上弹跳起来，时钟指向了九点。她抓起了地上的手机，关闭推送的微信群里有几百条消息，她统统不想理睬。

只有一条私信她的信息，是雪子："艾瑞克不见了。"

王慧敏翻着手机，工作群里，从跨年夜以后，就再也没有见过艾瑞克发言了，有同事艾特他，也毫无回应，不像他平日里做事风格。两个人的对话也停留在一月一日的凌晨："新年快乐！"

雪子急匆匆地给她打电话："怎么办？他不会想不开吧？总是神神道道的，好像还提过要去道观啊寺院啊寻找人生意义的答案。要不我们去找找？"

工作日的白云观，参观的信众寥寥。

白云观坐落于西二环西便门外，在天气好的时候，阳光直射下的道观备显肃静，两个女孩子冷得缩起了脖子。

雪子直接抓住一个道士问他有没有见过艾瑞克，对方连连摇头："高个子，斯斯文文的，戴着黑框眼镜，有肌肉，爱装深沉。"对方依然摇头。这时王慧敏和雪子才反应过来，她们两个，连艾瑞克的本名叫什么都不知道。

隐去大名的艾瑞克，会轻易让人找到吗？

道士没有答案，倒是对一筹莫展的王慧敏点拨了一下："想被找到的人自然会被找到。但自己的心结，还需自己找到答案。"

雪子拉着出神的王慧敏连连道谢，拽她进了大殿。

飞尘在阳光里跳舞，敲钟的声音响起，似乎是在发出沉闷的提醒：又过了一个时辰。王慧敏望着坐像，心里很乱。只要睁开眼睛，头脑清醒的时候，她总会浮现生命里至暗的那十分钟。一切都过去了。一切都会过去的。她在心里默念着，像是说服那个放不下的自己，不经意间都念出了声。

"姐姐你怎么了？"

一同跪在坐垫上的雪子，戴着大红色毛线帽，脸蛋红扑扑的，眼睛比道观前的池塘还要清澈。雪子只知道张畅对王慧敏性骚扰，并不了解具体的情况，说了什么，做了什么——这一切噩梦，王慧敏无法对任何一个人提及。就算是发给张畅的那个邮件里，她截取了以后根本不敢再听一遍。

事情过去了一个月，却依然在折磨着她。元旦期间的疯狂工作，也不过是在逃避面对现实罢了。

现在，艾瑞克也离开了。

两人起身，突然看到大殿前走过几个身穿道服的背影，其中一个大高个儿分外显眼。

"艾瑞克！"雪子不顾大殿的清净喊了出来，背影只是迟疑了一下，没有回头，一行人匆匆地往侧殿去了。

王慧敏拦住了要追上去的雪子。

她想起方才道士询问雪子"信不信道"，雪子嘬起小嘴眨了眨眼："我只相信快乐神仙。"

道士还是面无表情："好，未知人生苦楚，便不会信。这说明你过得很幸福。"

在开往东边的地铁里，王慧敏趴在蛇尾，反复想着这句话。

自己正在经历的苦楚，是人生的历劫吗？

如果可以，谁不想过上雪子那样的生活？

可是艾瑞克，有了雪子这般万事不愁的生活，却依然在执着于人生的意义。

地铁里的人上车，下车。

不是上班高峰的一号线，多了不少背着布袋的中老年人，神情麻木，一手牵着小孩，一手也在刷着手机。一号线竹叶青兢兢业业地报着站名，张嘴，又合上嘴。总有人，会被困在蛇身之中。

回到家里的王慧敏，浑身酸痛，就像生了一场大病。她在厨房里接着热水泡柚子茶喝，感觉到自己的海马体在说服自己忘记发生的一切，但同时脑海里又有一个声音在不断地提醒她，是时候了，是时候了。沙发边的垃圾桶里满是烟尘，那半包薄荷烟，早被抽完了。

凌晨一点睡，是失眠；凌晨两点睡，是深度失眠；凌晨三点睡，就是重度失眠了。

那一晚，王慧敏一直熬到了凌晨六点多，脑袋像铅球一样沉重，眼皮子抬不起来，心脏跳得像跳舞机，手臂和小腿都软绵绵的，口干舌燥的她听到了窗外隐约传来的鸟叫声，冬日里初升的阳光正透过窗帘费尽力气穿进房间，她想醒来，但又从未睡着过。

她反复想起合上的百叶窗，张畅嘴巴的臭味，闭塞的电梯，同事们看着她的眼神，刘亚男的不服气，雪子的愤怒，艾瑞克的忧伤。那一幕幕像循环的电影片段一样一遍遍重启，她在每一次的循环里涌起不一样的情绪，有时候是懊恼的，自己怎么就这么不争气？有时候是解气的，我当时应该眼神更狠一点，再骂他两句！有时候又是痛苦的，她多想自己根本没有走进那间办公室，就不会陷入如此回忆里辗转反侧一夜未眠。枕头边，是半开着的笔记本电脑。

夜里的很多时刻，王慧敏和自己做斗争，打开邮箱，写着一句句控诉的句子，又把一些删除，紧接着又加上一些场景、细节，保存的邮箱草稿里，没有收件人的名字。她对那些文字和段落斟字酌句，而每一次修改都是对过去经历的痛苦再现。

那束光线就这样射到了有小象图案的白色棉布被单上，光线里飞舞的尘粒都像在跳舞，翘着鼻子玩水的小象也露出了笑容。阳光自然是有魔力的，可以把这间没有休息好的小屋唤醒，好像一旦屋子里有了阳光，这间屋子的主人也会看到希望一样。

王慧敏噌地坐了起来，打开了它，反复看了三遍的草稿箱，她敲击着什么，又修改了第四遍。她从手机里上传了一段音频，她在收件人的位置导入了紫罗兰营销公司全部三十九个同事的地址。

小象喷洒的水花在阳光下仿佛形成了一道彩虹，王慧敏按下了发送键。

她合上电脑，把手机关机，盖上被子，这是她在这六七个小时内第无数次尝试入睡。

她以为自己这一次能成功，但又失败了。

她试着起床，让自己先站稳，用热水和冷水交替洗了三次脸，似乎还是不够。她站在淋浴喷头下，让热水冲刷自己的身体，可只要闭上眼睛，就是张畅嘴里喷出来的那些荤段子，她使劲地用洗发水搓着自己的头发，橘子的香气让她也难以镇静下来，她把身子擦干，用前所未有的耐心涂抹着身体乳，她又花了很长时间把头发吹干，等这一切都进行完毕，她还是累得浑身发软，瘫倒在沙发上的时候，她看到时钟显示了八点半。

这个世界会好起来吗？她不敢看手机，也不敢看邮件，炸弹已经发射，她却似乎还没有为这份勇气带来的后果做好准备。

她突然感到一阵饿意，泡菜味的辛拉面从未如此美味过，大冬天里把头埋在热汤里喝上几口，像野狗一样吸溜着面条，再配上一小罐可乐咕咚大口地灌下去。泡菜的辛辣冲撞上可乐的阿斯巴甜，王慧敏想，能让动物复活的，也就只有食物了吧。

手机终于充满了电，闪亮着振动起来。

"慧敏，关于你邮箱里陈述的张畅疑似性骚扰、男女同事薪资差别问题，我们先聊一聊，了解一下情况好吗？""在吗？慧敏。""我们先聊一下。""避免误会。"这是人事总监发来的。

"姐姐！你做到了！"这是雪子，什么消息都灵通的雪子。

"你很勇敢。谢谢你。"还有一条陌生号码发来的短信，没有署名。这几个字让王慧敏鼻头一酸，她知道，自己不是孤单的，无论是谁，她深深地感谢这条陌生的来信。

可公司的大群里却是风和日丽。

放假通知照发，午休福利照发，表情包照发，仿佛一切都没有发生过，她点开那些群里同事头像和他们的朋友圈，大家都在过着自己的美好生活。

她查看着对话框，没有张畅的道歉，也没有王总的。她心里冰凉，却又似慰藉自己："是啊，我一个小打工的，这个破公司，还指望什么呢？"邮箱的发件箱里显示全员阅读，但收件箱里却是静悄悄的，什么来信都没有。

等了三天，王慧敏也没有在邮箱里收到女董事的反馈，她犹豫了很久，鼓起勇气给对方发了微信。

半个小时之后，女董事发来了一条不到二十秒的语音。大意就是事情她知道了，公司肯定会严肃处理的，需要时间。另外，她还说："现在还是乒乓的上映宣发期。不过，你不要想太多，好好休息。"语音王慧敏只播放了一遍，就不敢再听了，短短二十秒里面是沈董作为总公司管理层的处事态度，她自然不会听不出后面那句话里面有些责怪的意味。

曾经在她眼里那个同样把邓亚萍视为偶像的沈董，优雅知性愿意提携她的沈董，毕竟也是自己这个小员工的大老板。王慧敏忽然觉察到自己的幼稚，在资本方的眼里，她只不过就是一只生产线上无关紧要的小甲虫吧。

她想起艾瑞克曾经说过的话："你还是太天真了，你总说雪子天真烂漫，我看你也是。这个世界上的很多人，不过是数字而已，银行卡上的、跑步机上的、成绩单上的、排行榜里的，不像你们，追求的是无法展现数字的自由。"

手机里，依然没有艾瑞克的信息。

在被要求休假的一个星期里，王慧敏给汪梅打了电话。

"你真够忙的。"听到汪梅用这样的语气抱怨她的时候，王慧敏发自内心地笑了，这是她这么多天来的第一个笑，她知道，她的女侠回来了。

她静静地听完汪梅像一个说书人讲完自己如何和好赌的前夫

斗智斗勇抓住证据把柄然后先从双方父母开始到闹去了调解庭。"等字都签完了，我才发现，最爽的不是和他离婚，而是我终于不用管单位的人和那些破亲戚怎么看我了，我现在，除了两个儿子，我谁都不会在乎了。"王慧敏绝对可以想象汪梅叉着腰对着所有人不顾一切鄙夷众生的凛然样子。"我也有事情要和你说。"

"混蛋！"汪梅听完之后沉默了几秒钟，突然在手机里骂了一句。"混蛋！"王慧敏也跟着她一起骂，两个人隔着手机，一人一句混蛋，骂着骂着就笑了。

"小敏，你说，我们做女人，怎么就这么难？"

"是啊，只想平安无事地活着，都这么不容易了。"

"我现在唯一庆幸的是，还好没有生两个女儿。"

"嗯。"

一月（下）

王家的宝贝

王慧敏想起人事总监和自己的谈话，上来就是萝卜加大棒。

"在公司里发生这样让你不愉快的事情，我们也很遗憾。"

"但你这样群发邮件，对公司的影响很不好。"

"你有什么意见和诉求，可以直接向我或者向王总反映。"

"我们也对公司其他女同事做了简单的访谈，大家没觉得张畅过分，只是平时比较爱开玩笑罢了。"

"至于薪资的问题，那更是误会，公司都是按员工的资历和岗位来动态调整的，和性别肯定没关系，我自己也是女性职工……"

喋喋不休企图给王慧敏洗脑的人事总监，可能以为眼前还是那个为了一份工作可以连尊严和原则都丢掉的小甲虫吧，被安置了头衔的大甲虫总是能够换一副面貌反过来压制自己脚底下更弱小的甲虫。这种甲虫世界的游戏规则，王慧敏已经玩够了。

"是开玩笑吗？开玩笑的话他怎么不对自己的老婆和女儿开那样的玩笑？"

"你们听了我放的录音吗？如果那样也算开玩笑的话，我会考虑聘请律师来判断这到底是不是职场性骚扰。"

王慧敏这样说完话，声音都是颤抖的，过去的几天，失眠加上愤怒，她已经不知道在心里准备了几遍公司的应答了。

她演习过两种，公司一上来就责怪自己的，以及一上来就站在自己这一边表明要辞退张畅的。公司究竟是公司，比她预料中的更为狡猾，拒不承认张畅的行为是性骚扰而是巧言令色地把他定义为"玩笑"，在看似替王慧敏着想的语言背后一步步都是打压受害人，字里行间是在责怪受害人把性骚扰公开化"让公司蒙羞"。

人事总监显然也没料到王慧敏的反应会如此强硬，她讪讪笑着试图解围，同时拿着公司的法务当令箭："我们也咨询过法务组的同事，从法律上来讲，张畅的行为还够不上性骚扰的范围，他应该只是言语上太随意，我们也批评教育过了，大家都是同事，他也表示愿意道歉。"

"他道歉，公司就能容忍这样的行为吗？"

人事总监没好气地叹了一口气："那你有什么诉求呢？"

这个星期二，王慧敏像往常一样坐地铁前往公司。三元桥的出站口连通着高架底下的天桥过道，在通往蓝色塑料棚子的尽头，总有两个地摊：一边安装手机膜、卖手机壳、充电宝；另一边也是。冬天里的风格外刺人，走廊里的摆摊人蹲在各自的买卖前，把棉衣裹得紧紧的。

走出蓝色管道没多久，王慧敏低着头躲避大风，却看到高架下路边的一坨狗屎：太阳底下，已经干裂了。

踏进一个星期没有来的写字楼，她拍着自己比冰激凌还冷的脸蛋，在心里叮嘱自己一定要抬起头挺起胸膛。

十九楼的刷脸机器上照射出一张消瘦的脸，体重是最诚实的，在连她自己都觉察不到的时刻里迅速掉了十斤肉。

中央暖气依然开得很足，迎面走来两个同事瞧见她都很默契地把头撇向了一边好像她是什么病毒一样；西面的工位上，只有丁俊山一个人低着头没想和她打招呼的样子；艾瑞克的位子已经空了，王慧敏坐下来用湿纸巾擦好桌子，望向了空荡荡的小隔间：刘亚男还在的话，会如何应对呢？

她会不会直接一脚过去，踢倒张畅？

王慧敏想起人事总监对自己的"善意提醒"："这一周，你要是觉得不舒服的话，可以不去公司。"

为什么做错事情的明明是张畅，却反而显得发起投诉伸张正义的受害人才是错的呢？更悲哀的是，哪怕心里再坚定地认为自己做的事是对的，王慧敏心里依然隐隐地不希望在公司遇到已经向她道了歉的张畅。

"如有不适，向你道歉。"这是张畅给她发的微信，短短八个字，就想把过去一笔勾销。

"凭什么呢？"王慧敏拿着短信发着抖念给汪梅听。

"慧敏，你做得很好。我更关心的是你的心绪，你不要再让自己卷入这个事情的情绪里了，投诉过了，尝试过了，就让它过去了。如果以后他敢再犯——按他的性格他也不敢——就真的搜集证据告死他。只是现在，暂且把这些都放一放，回归正常的生活，好不好？"

女侠的这些道理，王慧敏怎么会不懂呢，但是发生在自己身上，真的没有那么容易跨过去。

正常的生活，又是什么样子呢？是一个甲虫肆虐的世界？一个所有女同事都在默默忍受性骚扰的世界？还是一个公司制度性包庇性骚扰惯犯的世界？

王慧敏发起了问题，挣扎了这么多天，却依然得不到答案。

她看到鼠标底下压着一个粉红色的小信封，小纸条没有署名，只有两个字："加油！"里面还有一根迷你的彩虹棒棒糖。

一股暖流涌起，这么多天来，唯——个"陌生人"，或许是十九楼里唯一的活人，对她伸出了安慰的手。只要还有一位，自己的努力，就不算白做了吧。

自从投诉信事件以后，王慧敏在公司里体会到了比上一次陈子薇事件后更清净的环境。

再也没有人会邀请她一起吃午餐、下班后聚餐。张畅的所有工作布置都是在工作群内艾特她，再也没有私信对话框。就连丁俊山对她都是遮遮掩掩仿佛就怕自己说错了话。王总见到她，对性骚扰事件只字不提，只是面无表情地点点头。原来，甲虫世界里的透明人是这样的滋味啊。

那一周，工作群里最重要的事情当数王总家的"寻狗启事"，是一只六岁的拉布拉多妹妹，有一个向日葵的头圈。"又走丢了，"群里此起彼伏的都是安慰的声音，"朋友圈转起来！"

中午的时候，王慧敏不再跑老远的便利店去买便当了，她会和同事们一起坐电梯下楼，转向大厦底商那家熟悉的一号便利店，认真挑选当天想吃的配菜，热好饭之后，坐在窗台前，安静地享受自己的午餐。

原来中午的办公大厦外面，是这样一幅情景：冬天里不得不在西装外套外面裹着羽绒服的白领们，清一色地选择了黑色，与其他甲虫三三两两结着队从一个大厦钻入了街边不同的小饭店里：杭州小笼包、西北拉面、居酒屋、徽菜馆。除了在户外的这几十米路，他们一天中的大部分时候都和甲虫一样，见不到阳光。

"姐姐，你就一个房间啊？"

个头已经蹿到一米八的高二弟弟，背着一个黑色耐克书包在玄关里犹豫着要不要换拖鞋。王慧敏想到自己小时候羡慕同班同学能穿耐克的球鞋爸爸妈妈却总说"没必要"，她记得自己用攒下的零花钱在县城的耐克集合店铺里买了三双耐克标签的白色棉袜，能恰好在校服裤子外露出脚踝。

弟弟像客人一样端坐在沙发上，探头探脑地询问正在厨房里倒茶的王慧敏："需要我帮忙吗？"同父异母的姐弟俩第一次在没有长辈的情况下单独待在一个空间里，王慧敏瞥到暖气片上还晒着自己的内衣裤，慌忙跑过去一把收了塞进了卧室的橱柜里。

就在两天之前，快一年没有联系的爸爸给他打了电话，干咳了一阵告诉她，弟弟明年高考，寒假想来北京看看，我们太忙了，有什么好学校你带着先转转。简短的通知之后，电话就挂了。没有问王慧敏长胖了没有，有对象没有，工作忙不忙累不累，甚至也不问问王慧敏住哪里方不方便，总之，在这个爸爸心里，姐姐照顾弟弟是天经地义的，姐姐是不需要被关心的。

比起和爸爸的生疏，王慧敏和弟弟的关系不算差，浓眉大眼又高大的弟弟从小就讨人喜欢，从小时候开始每次在奶奶家里总是跟着王慧敏，"姐姐，姐姐"叫着，长大了以后也不叛逆，礼貌又懂事，和孤僻少言总板着脸的王慧敏相比，也难怪长辈们都喜欢他。王慧敏也很难讨厌起这个弟弟，所以当弟弟在微信里撒娇式地问她"可不可以来北京住三天"时，哪怕王慧敏还处在应付公司一团屎的遭遇中，也没法子说不。

弟弟从书包里翻出来一个 U 形小枕头，带着有些讨好又不好意思的笑容对王慧敏说："姐姐，我就睡沙发这里吧，你不用管我，你忙你的。"

姐姐其实没有什么可以忙的。工作以后的每个晚上，姐姐只是把自己关在这个小房间里等待着时间一秒一秒过去而已。虽然姐姐比你大了十多岁，但其实姐姐的状态依然和高二时的自己差不多，不知道自己要做什么、能做什么。如果可以的话，姐姐还希望一辈子待在高二的时光，以为考大学就能改变命运了，以为未来……以为自己会有一个未来的。

但王慧敏什么都没说，她看着弟弟那张清秀脸庞上的青春痘，把一切都吞进了肚子里。

在故宫门口的小广场上，王慧敏带着使劲搓着手的弟弟与雪子碰头了。其实，她也给艾瑞克发了微信，她不知道他会不会来。

很难说清楚王慧敏是为了让弟弟和〇〇后的北京同龄人多交流，还是让弟弟知道姐姐在北京并不孤单。

零下二摄氏度的天气里，弟弟抢在王慧敏之前把自己的手套塞给了雪子，三个人呼着冷气在安检处排了半个小时队，长安街上的车一辆又一辆地开过。弟弟问："姐姐，我还记得你说你有一年的十月一号来看过升旗。""那时候你才五六岁吧？是啊，那时候刚来北京。"隔着长安街的天安门广场上，五星红旗在寒风里飘着。

"为什么北京总是要安检？地铁要安检，进故宫也要安检。"

这个问题，王慧敏和雪子都没法回答。

"首都嘛！"几个东北口音的大哥排在他们前面，也转头和弟弟聊上了，"哪儿来的？年轻人。"

"阜阳。"

"阜阳？哪里？"

"安徽阜阳。"

"安徽啊，南方哪……"大哥似乎也琢磨不清这是安徽的什么地方，扭了个头又转回去了。

直到从故宫出来，也没见到艾瑞克。

雪子索性直接问弟弟想要吃什么。在游览的两个小时里，两个相差五六岁的○○后已经相处得像老朋友一样了。看来，年轻人总是能迅速聊到一块去的，更何况是两个历史迷。慈禧住的哪个殿，漱芳斋又是哪里，柏树是五百年还是六百年，王慧敏跟在两个人后面，就像一个多余的人。抬头望着头上的柏树，只剩下了枝头，毕竟是冬天了，就连故宫的树也不能幸免，几只乌鸦飞过，给这片冷飕飕的天空又平添了一份萧寂感。热闹是游客的，那些树木什么也没有。王慧敏觉得，自己就和这几棵古树一样苍老，一样孤独。人们只会关心它叫什么，活了几百岁，属于哪一棵，摸一摸树干，抱一抱拍照，然后甩手而去。而她呢？除了日益增长的年龄，没有什么是值得人关心的。

"我都行啊，看姐姐想吃什么。"

王慧敏想不明白的一件事是那样自私的爸爸是如何养育成了眼前这样小暖男一样的弟弟，所谓爱里长大的孩子，就是这样吧。"火锅吧？你不是从小就爱吃羊肉吗？咱们去吃涮羊肉。"听到"涮羊肉"三个字的弟弟眼睛都放光了，那副可爱的贪吃神情与他的大个头实在反差太大，要不是雪子在现场，王慧敏一定会忍不住捏一捏弟弟的脸。弟弟是没有错的，弟弟只是一个小生命而已。第一眼看到包裹在婴儿服里软趴趴的弟弟时，王慧敏心里就生出了一股暖意，真可爱啊。让她的妈妈心碎，让她的爷爷奶奶宠着，让她自己心生嫉妒的小生命。

弟弟没有错，错的是那些男宝至上的人。

在热气腾腾的铜锅前，王慧敏下定了决心，永远不会告诉眼前这个正在涮着羊肉问她北京什么时候会下雪的弟弟，他要是一个女孩就不会被诞生在这个充满爱的世界上了。

弟弟回家后的第二天，王慧敏又接到了爸爸的来电，时隔一周如此频繁地找自己，从未有过的情况，她觉察到不是什么好事又担心弟弟出了什么事情，但还是接了。

可那头劈头盖脸的就是一顿责问："你和你弟弟说什么了？他原来都答应我要考金融了，从北京回来以后非要和你一样学传媒。我说过多少遍，你弟弟和你可不一样，是我们老王家的宝贝！你还一个人租房？房租都够在老家交贷款了。你就不能踏实一点儿吗？我还以为你是个让人省心的孩子……"

中年男人暴躁的声音中止，是王慧敏挂断了电话，人生第一次，她不想再受指责和委屈了。她没法选择自己的爸爸，但至少可以选择不要再继续听爸爸的话。

弟弟回去之前，把自己多余的一双旧球鞋留在了门口。他没说什么，只是提到有一晚睡在沙发被蹭门的声音吵醒，在猫眼里看到一个老大爷和一只狗。

二月

雪

快过年了，依然没有艾瑞克的消息。

王慧敏有时候看到地铁里的国际新闻时想，一切顺利的话，他应该已经在伦敦了吧，海德公园的湖结了冰，伦敦看起来比北京还冷。

刘亚男的电话，出乎意料地来了，约了她周六中午一起吃饭："聊一聊。"

这是三个月前她不辞而别之后，王慧敏与这位前主管第一次有了联系。

北京今年的雪还迟迟未下，气温倒的确是越来越冷了，王慧敏裹着一条红色毛线围巾，穿上了一件黑色的超长款羽绒服，盖住了小腿在去地铁站的路上就不那么怕风吹了。

没有在办公室里相见的刘亚男，也脱去了写字楼里的铠甲，套着一件宽大的看上去有些年头的帽衫斜靠在椅背上，王慧敏进入这家在王府井的港式茶餐厅的时候，一眼就看到了她整齐修剪的黑发在阳光下发着光。虽然走近了之后，依然能看到刘亚男深深的鱼尾纹，她还是和以前一样过着不轻松的日子吧。

"你的状态不错啊，我都听说了，我没有看错，你一直就是一个外柔内刚的女孩，总是憋着一股劲，别人都说你丧说你躺平，我能感受到你只是有自己的坚持。"

还是和以前一样，刘亚男不喜欢绕弯子，简单的叙旧之后她就向王慧敏提出了邀约，她说现在的这家头部营销公司手里有很多大项目，急需人才，比起紫罗兰薪资更高，加班也不算多，也没有张畅那种恶心的人。

王慧敏一时不知道该怎么回应，她说着"谢谢刘总，我再考虑考虑"，眼睛里却没有一丝丝期待。

刘亚男倒是对打不起什么精神的王慧敏有些意外，像安慰似的试探着她，是不是最近经历太过还没有调整过来？不着急的，换工作的事情可以慢慢想。

"打工嘛，哪里都是一样，人往高处走，自有留爷处。"

"亚男姐，你最喜欢的电影是哪一部呢？"

"这个，重要吗？"

"嗯，现在想起来，我们好像从来没有讨论过这件事情。我在想，我们现在是做电影营销的，如果真的要继续在这个行业深耕下去，好像有必要讨论一下。"

"我哪有时间看电影啊。但慧敏，你呀，就是太学生气了。我们这是在工作，工作啊！所谓工作就是你每天上班，努力上班，取得更好的成绩，拿更好的薪水，至于喜欢什么电影，重要吗？"

"如果都不喜欢电影，那做这份工作，还有什么意义呢……"

"慧敏，你还没有买房吧？没有房贷，没有生孩子，也暂时不需要赡养父母，可是你知道吗？我们这样的普通人，是没有资格去思考工作的意义的。工作就是挣钱啊，没有工作的话，这个炒牛河我们都吃不了。"

王慧敏默默看着刘亚男，又摆弄着桌上的菠萝油包，冰冷的黄油块在加热的面包里化为一小股液体，失去了原有的形状，她却说不出什么话来。

"慧敏，等你到了我这个年纪，就会明白了。像你严老师那种活法，在我眼里就是逃避生活，我一点儿都不羡慕。"一点儿都不羡慕，刘亚男突然说了莫名其妙的词语，说完又猛地喝起了丝袜奶茶，有些不自然地望向了窗外。

"再和你说个事儿吧，那个小年轻实习生——艾瑞克什么来着，看起来彬彬有礼的样子是吧？听说得了抑郁症，还挺严重的。"刘亚男的话说到了一半，显然"艾瑞克"三个字引起了王慧敏极大的好奇心。

"我也是最近才知道，原来他母亲和沈董是至交，但是他们家的公司和紫罗兰又是竞争关系，他不想去家里的公司，为了证明给他母亲看，自己偷偷来投了简历。你们现在还打乒乓吗？我也是……这个艾瑞克这么彬彬有礼又有些反常，早该注意到他背景不简单的……"

王慧敏脑袋里嗡嗡嗡的，像是被几百只蜜蜂攻击着，沈董鼓励的笑脸和艾瑞克的微笑重合着，沈董对性骚扰投诉冰冷的态度和艾瑞克的消失，还有艾瑞克对自己家世谈论的遮遮掩掩，怎么会毫无察觉呢？

茶餐厅里越来越吵了，有小孩子跑来跑去，服务员又不小心打翻了杯子，争执声和哭声很快盖过了冬日里的阳光，窗外眼见阴了下来，飘起了小雨点。

"我要去接儿子培训班下课了，我们下次再约吧，你好好想想……"

可还没等刘亚男说完，王慧敏就抓起羽绒衣冲了出去。

跑啊跑，沿着长安街，一直向西面跑。小雨点成了小雪籽，像一把从天而降的盐，撒在王慧敏的白色羽绒服上、移动的脑袋上，到眼睛里的时候，就像一滴泪。

可她并没有流泪。

她跑过公交站牌上的冰墩墩的可爱形象，她跑过把手藏在棉袄里骑着电动车的大叔和阿姨，她跑过在路边拍着雪花大喊着下雪了的男孩女孩。

一只拉布拉多犬突然挣脱了主人的绳索，跟着她跑了起来。雪花越来越大，滑入嘴里，没有甜味，也没有咸味，好像就和她的人生一样，毫无滋味。

她跑入了景山公园，然后又沿着景山一路向上，那条拉布拉多也蹬着前后腿不甘示弱。当她终于站在景山的最高处时，眼前山脚下的故宫已经被白茫茫的丝巾般的白雪盖住了。她祈祷着雪下得再大一些，这条丝巾才不会被大风刮走。

往西，白塔还冒着尖，而夏日里的荷花早已没了踪影，整个北海公园被笼罩在白雾之中，萧瑟又静谧。往东，大裤衩和中国尊隐约可见，又时不时乘着这场大雪躲入云层之中。整座城市都好像暂停了机械的运转，借着雪的劲头得以喘息。

站在中轴线上，拉布拉多用前腿趴在汉白玉栏杆上，紧紧挨着王慧敏，她摸了摸它毛茸茸的头："下雪真美，是不是？"

狗狗甩了甩头，雪花撒开来就像银白色的烟花一般，它伸出爪子在空中挥舞，试图抓住这份捉摸不定的、属于大自然的美丽。

是啊，试图控制雪花的拉布拉多和妄想改变世界的普通人自己，在周围的人看来，是一样可笑的吧。

乌泱泱的人群从北京城的四面八方赶向了景山。从万春亭下来的坡道上，只有王慧敏和那条拉布拉多逆着人流一点点往下挪，台阶上的积雪踩起来软绵绵又滑溜溜的，留下了帆布鞋和狗爪子的小梅花形状，都还冒着冷气。景山前街被堵得水泄不通，不耐烦的人在车里按起了喇叭。

一辆公交车停在了路边，公益广告上是烫了头发的邓亚萍举起拳头让大家加油的样子。王慧敏拍了照，点开了通讯录里的妈妈。母女俩冷战才一个多月，却如此漫长。

拉布拉多对着喇叭狂叫着，像是在对驾驶者发出噪音表示不满，一个城管模样的人正在他们背后悄然走来。

"狗子！狗子！"

听到喊声，拉布拉多激动地在王慧敏周围蹦跳着，她循着声音看去，是雪子。

参观故宫那天，雪子确实不经意提过："最近捡了一只狗。"

拉布拉多脖子上的小小向日葵，正被白雪一点点覆盖。

雪地里，一只甲虫正在破土而出。

（完）

图书在版编目（CIP）数据

三十三岁的决心/宇澄著. -- 北京：作家出版社，2023.11
（2024.2 重印）

ISBN 978-7-5212-2591-4

Ⅰ.①三… Ⅱ.①宇… Ⅲ.①长篇小说-中国-当代
Ⅳ.①I247.5

中国国家版本馆 CIP 数据核字（2023）第 211472 号

三十三岁的决心

作　　者：宇　澄
责任编辑：桑良勇
装帧设计：潘　洋
出版发行：作家出版社有限公司
社　　址：北京农展馆南里 10 号　　　邮　　编：100125
电话传真：86-10-65067186（发行中心及邮购部）
　　　　　86-10-65004079（总编室）
E-mail: zuojia@zuojia. net. cn
http: // www. ZUOJIACHUBANSHE. com
印　　刷：唐山嘉德印刷有限公司
成品尺寸：142×210
字　　数：164 千
印　　张：7.5
版　　次：2023 年 11 月第 1 版
印　　次：2024 年 2 月第 2 次印刷
ISBN 978-7-5212-2591-4
定　　价：46.00 元